LES FAUX DIEUX

COMÉDIE EN TROIS ACTES

LES

FAUX DIEUX

COMÉDIE

EN TROIS ACTES ET EN VERS

PAR

G. REIGNIER

MONTPELLIER

DE L'IMPRIMERIE DE JEAN MARTEL AÎNÉ,

rue Blanquerie 3, près de la Préfecture.

1873

PRÉFACE

La vie privée doit-elle être seule accessible au poëte comique? Existe-t-il une fatalité qui lui a dit: tu ne passeras pas le seuil domestique! On serait tenté de le croire, d'après l'ostracisme qui a frappé ma pièce. En dehors de quelques difficultés d'exécution qui m'ont été signalées et qu'il aurait toujours été possible de tourner sur une grande scène, un mobile puissant, dominateur, a déterminé son exclusion. On l'a deviné: c'est la politique. Il semble qu'en touchant à cette arche sainte, on s'expose à toutes les foudres. C'est l'endroit explosible par excellence des susceptibilités théâtrales; c'est le feu grisou de la scène, la nitro-glycérine des Directions.

Et cependant, quel plus beau sujet peut s'offrir à l'observateur? La vie publique n'est-elle pas la résultante de la vie privée? N'est-elle pas la synthèse de tous les éléments domestiques, en même temps que l'expression la plus haute de la généralisation typique? Toutes les élévations s'y trouvent; tous les ridicules s'y concentrent; elle est le foyer de toutes les excentricités.

Il s'y rencontre une telle abondance de sujets, que la comédie s'y trouve à l'aise et n'a qu'à choisir pour sa moisson. Les originalités y sont vigoureuses, bien trempées, et leur saillie est d'autant plus vive que leur échelle est plus élevée et le but poursuivi plus vaste. C'est, en un mot, le degré le plus parfait et le plus haut des abstractions grotesques.

C'est ce terrain que j'ai choisi. Je ne me suis point abusé sur les difficultés presque insurmontables qui allaient se dresser devant moi. Ces considérations ne m'ont pas découragé. J'ai pour l'art lui-même un amour si pur, si en dehors des questions étrangères qui l'envahissent, que je trouve dans le culte que je lui ai voué un bonheur assez grand pour le considérer comme la satisfaction légitime et presque suffisante de mes efforts.

Le rapport de la Commision d'examen appelée à juger mon œuvre fait l'éloge, assurément trop pompeux, des profils que j'ai tracés. La seule valeur que je leur reconnaisse, c'est d'être vrais. Je n'ai pas cherché; ils sont venus à moi. Le bloc s'est détaché tout entier pour s'offrir de lui-même à mon observation. Je n'ai eu qu'à en adoucir les arêtes. Quel splendide panorama que celui du monde animé! Quel merveilleux ensemble d'espèces, de genres, de familles, dans toutes les positions sociales, au point de vue du grotesque et de l'impossible! Quoi de plus désopilant et de plus triste à la fois que cet immense steeple-chase de toutes les personnalités comiques! Contemplez en passant une de ses plus hautes expressions, l'excentricité orgueilleuse. N'y est-elle pas constamment à l'ordre du jour? Pas une figure qui ne veuille son relief! Pas un esprit qui consente à rester dans l'ombre! L'homme n'est plus l'homme: c'est un portrait qui cherche son cadre. La pose envahit tout, l'originalité forcée déborde, le ridicule volontaire est devenu une institution. Quand le poëte, sans frapper les astres de son front comme les contemporains d'Horace, s'élance cependant de quelques coudées au-dessus du cloaque social; quand des hauteurs de la morale il abaisse un regard triste et sévère sur cette immense géhenne qui n'a qu'un cri, mais celui-là formidable, le cri de la jouissance anticipée et de la bestialité triomphante, un besoin effroyable le saisit, besoin vital, impérieux comme la pierre qui tombe: c'est celui de l'anathème, de l'imprécation. Sa nature, impétueuse et noble, fouettée par une contemplation impure, éprouve par le contraste même une surexcitation générale qui nécessite son expansion.

Voilà pourquoi j'ai écrit. Ma plume, impuissante à retracer toutes les hontes, s'est faite pour quelques-unes la complice de ma colère. J'ai vu les marchands du Temple et j'ai eu le courage de rire pour les flageller. Les prêtres de Baal ont crié sous mes lanières. J'ai cherché, en les frappant, la satisfaction de toutes les haines, de toutes les colères, de toutes les fureurs implacables que soulève dans un sein honnête la considération des infamies privées et des infamies publiques dont l'ensemble constitue la déchéance sociale et le déshonneur d'un pays. Ai-je réussi ?

Un mot, en terminant, pour répondre à une accusation puérile.

Quelques personnes se sont étonnées qu'un disciple fervent d'Hippocrate ait osé allier à l'exercice d'un art sérieux le commerce plus léger des neuf Sœurs. Cultiver à la fois Esculape et Melpomène, traiter de l'âme et du corps, trouver dans le même temps une rime et un diagnostic, allonger une période et raccourcir un membre dans la même seconde, leur a paru un tour de force dangereux pour leur intéressante personnalité. Ne faut-il donc pas une détente pour l'esprit ? Et après quinze heures d'une journée laborieuse employées à étudier le creux et le plein, le sonore et le mat de la machine corporelle, une heure de récréation intellectuelle se trouve-t-elle si déplacée ? Cela dit sans malice, y a-t-il donc si loin de la médecine à la comédie ? Ne vivent-elles pas toutes deux de l'esprit d'observation, et peut-on trouver étrange de voir confié à la même main le soin de réparer une gibbosité ou de redresser un ridicule ?

N'arrive-t-il pas souvent que notre triste Humanité présente cette cruelle association dans un même type, et alors, qui oserait me reprocher de répondre par un double caractère à une opportunité qui se bifurque ! ! !

Laissons donc au médecin un champ plus vaste que celui des infirmités physiques. On peut être sérieux et gai, railleur et compatissant. L'intelligence la plus modeste a quelquefois ses deux faces, et, en accordant au côté grave de la vie la plus grande somme des heures dont elle se compose, il est permis, même à celui qui opère sur la charpente humaine, de s'élever par instants dans les régions pures et sereines du monde poétique.

Surgères, le 19 avril 1872.

Dr G. REIGNIER.

PERSONNAGES.

M. DE LA BÉOTIE, préfet.
Mlle SOLANGE DE LA BÉOTIE,
Mlle ESTHER DE LA BÉOTIE, } filles du préfet.
Mme DE ROLAND.
M. PAUL DE RAYMOND, candidat, amant de Mademoiselle Solange.
M. le Marquis DE FOIRAC, candidat officiel.
M. TREMBLEMANS, candidat humanitaire.
M. DE SOMBREUIL, ami de Paul de Raymond.
M. JÉROME PALANKIN, maire de Rastignac.
M. OSCAR CACATOIS, maire de Courcoury.
M. CASTAGNET, géographe.
FRANCETTE, soubrette.
ZÉPHYRIN, cocher de M. De Foirac.
FILOSEILLE, cocher de M. De Raymond.
BLAIREAU, sergent-garde-national.
BERLUCHON, carrossier-sellier.
FAYOL, orateur de club.
GIROFLAY, ouvrier lampiste.
SABOURIN, valet parvenu.
COLARDEAU, ouvrier fondeur.
Un Municipal.

LES FAUX DIEUX

ACTE PREMIER

(Les Scènes du premier Acte se passent dans le salon du Préfet.)

SCÈNE PREMIÈRE.

M. DE LA BÉOTIE, Mlle. ESTHER DE LA BÉOTIE, Mlle. SOLANGE
DE LA BÉOTIE.

DE LA BÉOTIE.

Le traître !

SOLANGE.

Mais, mon père....

DE LA BÉOTIE.

Ah ! laisse-moi, morbleu !
Je suis si hors de moi que tu m'en vois tout bleu.
Comment ! dans ma maison j'accueille l'hypocrite ,
Bien loin de soupçonner l'embûche qu'il médite ,
Et j'apprends tout-à-coup que ce petit pied plat
Aux comices prochains combat mon candidat.

SOLANGE.

Mais je ne vois rien là qui soit si condamnable.
On peut être opposant et rester sociable ;
Et monsieur de Raymond , pour être un invité ,
Fera , sans trahison , un fort bon député.

DE LA BÉOTIE.

Vous voterez pour lui.... Voyez la péronnelle,
Pour ce beau député vous montrez bien du zèle !
N'auriez-vous pas par là quelques replis secrets ?
Mais je vous défends bien de m'en parler jamais !

ESTHER.

Te voilà confondue ! Eh ! quoi ! belle amazone ,
En déroute un seul mot met toute ta colonne !

SOLANGE.

Tu railles ; après tout je ne le cache pas :
Il est le préféré de tous les candidats ;
Et , sans courir après la machine publique ,
Je vais où mon cœur va , voilà ma politique.

DE LA BÉOTIE.

Avec ce savoir-faire et ce petit métier ,
Nous avons dans la place un vrai contrebandier :
A ces beaux sentiments il est temps qu'on renonce :
Mes titres me sont chers plus que Paul ou Léonce !
Le cordon que j'attends et la place où je suis
Ne se déclinent pas pour un petit marquis.
Je n'ai point prodigué tant d'efforts ni de veilles,
Pour me voir débiter des sornettes pareilles.
Je veux dans ma maison que ce fourbe introduit
Soit, sans aucun quartier, par toi-même éconduit.
Qui s'arme contre moi ne peut être mon gendre.
Oses-tu bien encor songer à le défendre ?
Espères-tu trouver quelque honnête raison
Qui me fasse applaudir à cette trahison ?
Y penses-tu ? Mordieu ! que dira le ministre
S'il apprend que chez moi se pavane ce cuistre ?

Ne suis–je pas déjà mille fois compromis
Pour avoir si long–temps reçu ton beau marquis ?
Son élégant parler, sa façon délicate,
La grâce qu'il répand des pieds à la cravate,
Son sourire musqué, ses gestes incompris,
S'ils ont trop su te plaire ont pour moi peu de prix.
Tous vos airs langoureux, vos soupirs de panthère
Ne mettront jamais rien à cette boutonnière.

SOLANGE.

Voilà tout le secret de ce brusque courroux !
Quelle perfection, s'il pensait comme vous !
Le sort, en lui donnant des sentiments contraires,
A tourné contre lui toutes vos meurtrières.
Au lieu de voir en lui sa haute probité,
Ce n'est plus qu'un larron nourri d'iniquité !
Son maintien franc et noble et sa ferme droiture
Ne sont plus qu'un vain masque où se lit l'imposture.
En recherchant ma main, avait–il donc promis
De ne voir que par vous ainsi que vos commis ?
A–t–il fait, par hasard, la plaisante gageure
D'épouser avec moi toute la préfecture ?

DE LA BÉOTIE.

Que le beau Cupidon nous inspire d'esprit !

SOLANGE.

Qu'un homme complaisant devient vite en crédit !

DE LA BÉOTIE.

Ma fille !

ESTHER

Excusez–la, mon père ! Allons, Solange,
Ne vous révoltez pas comme certain archange !

Et puisque le destin embrouille nos fuseaux,
Faisons taire nos chants et brisons nos pipeaux.

SOLANGE.

Il n'en est pas moins vrai, malgré ta bucolique,
Que je perds Mœlibé par raison politique !
Tu le veux, je me tais ; mais bientôt nous verrons
Si nous enfoncerons toutes vos sections ,
Si nous vous livrerons batailles sur batailles ,
Si nous vous taillerons de belles funérailles ,
Et si le beau crevé qu'on nomme Officiel
Se tirera gaîment du vice originel.
Ah ! monsieur le dragon ! ah ! vous avez beau faire !
Nous trouverons la chaîne avec la muselière,
Et si vous voulez mordre et faites le malin ,
Nous vous étranglerons,... là.... foi de Jacobin !

DE LA BÉOTIE.

De plus fort en plus fort ! ma fille est sans–culotte,
Scélérat de Raymond !.... gredin de patriote !

SCÈNE II.

LES MÊMES, PAUL DE RAYMOND.

UN VALET annonçant :

Monsieur Paul de Raymond !

DE LA BÉOTIE.

O le triple impudent !

PAUL., après avoir salué les Dames.

Monsieur , vous me trouvez sans doute outrecuidant ?

Après les sentiments dont j'ai fait étalage,
Rester dans ma maison aurait été plus sage.

DE LA BÉOTIE.

Certes !

PAUL.

Oui ! je comprends qu'à des yeux prévenus
Ma présence chez vous n'est plus que d'un intrus.

DE LA BÉOTIE.

C'est vrai !

PAUL.

Mais chez un homme où l'âme est grande et haute,
La grandeur apparaît où d'autres voient la faute.

SOLANGE.

Bravo !

DE LA BÉOTIE, bas à part.

Quel flagorneur ! Vous allez bientôt voir
Comment ce franc limier n'a cédé qu'au devoir.

PAUL.

Vous m'avez bien jugé si j'en crois ce silence ;
C'est le cœur qui chez vous fait taire l'éloquence,
Et quoique nous soyons à cette heure ennemis,
Vous ne m'en voulez pas, car vous m'avez compris.

DE LA BÉOTIE, bas à part.

Je t'ai compris, Cerbère....

PAUL.

A force d'insistance,
J'ai dû de mon parti subir la préférence,
Et malgré maints refus, me voilà tout-à-coup
Lancé, bien malgré moi, dans un vrai casse-cou.

DE LA BÉOTIE, bas à part.

Ah ! que le ciel t'entende !

PAUL.

Après tout, j'ai dû faire
Ce que me conseillait une vertu sévère.
L'homme privé s'en va devant l'homme public.
On n'est pas député comme on fait du trafic,
Et ce noble mandat, plutôt ce sacerdoce,
Ne doit pas s'inspirer d'un infame négoce.
Vous ne me verrez point intriguer, cabaler ;
Je marche toujours droit et j'ai mon franc-parler.

DE LA BÉOTIE.

Halte-là, s'il vous plaît ! Eh ! monsieur l'hypocrite,
Que veulent dire ici ces airs de néophyte ?
Ah ! vous n'intriguez pas ! Eh ! qu'avez-vous donc fait
En vous insinuant chez monsieur le préfet,
En courtisant sa fille, et morbleu ! j'en enrage,
En soufflant votre esprit dans ce cœur sans nuage ?
Vous manœuvrez fort bien, mon beau ménétrier,
Et vous en avez fait un joli cordelier !

PAUL.

Monsieur, de tels propos frisent l'impertinence.

DE LA BÉOTIE.

Votre présence ici sent une suffisance !

SOLANGE.

Mon père !... monsieur Paul ! allons, remettez-vous !
Un tel emportement vous sied-il bien chez nous ?
Vous, mon père !... Eh ! mon Dieu ! cela seul me regarde,
Si je sens aujourd'hui du goût pour la cocarde.

Ce soudain changement, dont vous vous étonnez,
Remonte un peu plus haut que vous n'imaginez.
La royauté râlant, la Bastille conquise,
La France renaissant à la terre promise,
De tous ces novateurs les hardis bataillons
Fauchant les préjugés et les rois, en haillons,
La liberté hurlant au milieu de la poudre :
Tout cela n'est-il pas suffisant pour m'absoudre ?
Mon sexe,... dites-vous ? Eh ! messieurs les tyrans,
N'est-ce que pour vous seuls que vous fûtes géants ?
Vous avez noblement conquis les droits de l'homme ;
A votre tour donnez un peu de votre pomme.

PAUL.

Vous nous avez prêté : nous vous aurons rendu.
C'est ainsi que j'entends le paradis perdu,
Surtout si l'on y place, avec un frais ombrage,
Le bonnet phrygien sur ce charmant visage.

SOLANGE.

Flatteur !

DE LA BÉOTIE, entre les dents.

Sardanapale !

PAUL., avec explosion.

Ah ! quel essaim de preux !

Marat !...

SOLANGE, avec animation.

Danton !...

DE LA BÉOTIE, regardant avec inquiétude autour de lui,
à toutes les portes.

Mordieu ! vous êtes fous tous deux !

Si l'on nous écoutait !

PAUL, de plus haut.

Saint-Just !...

DE LA BÉOTIE, se démenant.

Ouf !

SOLANGE, élevant la voix.

Robespierre ! . .

DE LA BÉOTIE.

Je suis mort !

PAUL, sans l'entendre.

Et Carrier ! ...

DE LA BÉOTIE, atterré.

Au secours !

SOLANGE, de toutes ses forces.

Et Voltaire ! ...

DE LA BÉOTIE.

Au feu !

Il se lève comme un fou et parcourt l'appartement à pas précipités
en marmotant entre ses dents :

Marat !.... Danton !.... Clubistes enragés !
Faire de mon salon un tripot d'insurgés !
Bourreaux !.... Vous voulez donc que demain le ministre
Sache chez un préfet comment on l'administre !
Criez ! vociférez ! Si quelqu'un vous entend,
C'est moi qui réponds seul de ce chambardement.
Que vous importe à vous, faquins de démocrates,
Si je possède ou non deux bonnes omoplates ;
Et si, venu d'en-haut, un petit billet doux
M'arrive ainsi troussé : « Mon cher, démettez-vous. ..
Nous vous regretterons... » C'est galant, c'est honnête :
Et c'est civilement empoigner sa retraite.
Tenez, restons-en là ! je vous cède les lieux :
Loin de gens tels que vous je me porterai mieux.

Exit.

SCÈNE III

Mlle ESTHER DE LA BÉOTIE, Mlle SOLANGE DE LA BÉOTIE,
M. PAUL DE RAYMOND.

PAUL.

Que meure Régulus et que Rome soit sauve !

ESTHER.

La folie a vingt ans et la raison est chauve.
Avec votre héroïsme et tous vos grands éclats,
Et vos prétentions sur le sort des états,
Avec vos beaux élans qui sentent la mitraille,
Vous n'avez fait ici tous les deux rien qui vaille.
Il aurait mieux valu n'être rouge ni bleu,
Parler du temps qu'il fait, s'exclamer sur le feu,
Que d'aller irriter par vos fous dithyrambes
Un homme officiel et qui tient à ses jambes.

SOLANGE.

Certes, c'est fort bien dit ; mais je voudrais t'y voir
Si l'on t'eût raconté ce qu'on fait au pouvoir :
Les vendus arrivant au sommet de l'échelle,
Contre les gens d'honneur sonnant le boute-selle ,
La dette centuplée et les exactions,
La presse bâillonnée et les corruptions,
Des députés vendus pour fournir à la claque,
Des ministres régnant au sein de ce cloaque,
Et courbant d'un seul mot, sur un geste important,
De tous ces myrmidons le front obéissant.
Des.... des....

A Paul.

Soufflez-moi donc !

ESTHER.

Des renégats , sans doute,
Qui n'ont eu que le tort de se tromper de route
Et qui , sacrifiant comme vous aux faux dieux ,
Reconnaissent enfin....

PAUL.

Qu'on pouvait faire mieux ,
Et qu'avec Jéhovah , un peu de complaisance ,
Aux sons du tambourin nous mène à la puissance.
Des hérétiques ! Fi ! brûlez–moi ces gredins !
Une conversion !.... ils montent les gradins.

ESTHER.

Je confesse mes torts et j'en crois votre prose.
Aux seuls républicains convient l'apothéose ;
Eux seuls ont le talent de monter sans déchoir ,
D'arriver dictateurs sans rêver le pouvoir.
Tous ces Cincinnatus , ces étoiles publiques ,
Ont reçu le dépôt de nos grandeurs civiques.
Vos héros , disent–ils ,... laissez.... c'est notre lot ,
De tous ces messieurs-là nous avons l'entrepôt.
Vos gloires !.... Allons donc ! Eh ! peut–il en être une
Sans la permission que donne la Commune ?

SOLANGE.

L'orateur entendu , résumons le débat.
Vous êtes enfoncé , monsieur du tiers–état.
On vous l'a dit vingt fois aux chambres , j'imagine.
Qui dit républicain dit aussi : guillotine ;
Vous êtes libéral ! vite le couperet ;
C'est si tentant le cou d'un petit baronnet !
Nous eûmes un beau temps ; c'était quatre–vingt–treize :
On tuait quelque peu....

ESTHER.

Bah ! pour se mettre à l'aise !

SOLANGE.

Voilà quatre-vingts ans que nous chômons, bientôt :
Nous sommes las enfin de guetter le marmot.
Des ogres tels que nous, je n'en fais point mystère,
Trouvent le temps bien long pour n'avoir rien à faire.
C'est un métier perdu, si nous tardons....

PAUL.

Tenez !

On bénirait le bras dont vous assassinez.
Mais avant d'égorger tous ces aristocrates
Et de faire un festin de tous nos autocrates,
Nous avons à parler d'autres choses ici
Dont un cœur amoureux doit prendre grand souci.
Certes, je m'intéresse aux affaires publiques :
Mais d'autres intérêts sont aussi despotiques,
Et, malgré tout le prix que vaut la liberté,
Il faut d'un certain dieu subir l'autorité.
Mais je crains fort que ceux qu'admire votre père
Ne fassent quelque affront à celui de Cythère
Et que, pour parler net, tous ces suppôts de cour,
Solange, loin de vous m'exilent un beau jour.

SOLANGE, avec dépit.

C'est de vous retirer une façon civile,
Qui, pour avoir vieilli, n'en est pas moins habile.
Ma foi ! vous eussiez fait un fort bon général ;
Ce petit mouvement n'est pas déjà si mal.
En bon tacticien qui prévoit la défaite,
Vous voilà déjà prêt à sonner la retraite !
Je m'étonne vraiment qu'un cœur si bien épris
Ait raison d'un amour bâti sur pilotis !

Comment avez-vous fait pour porter dans votre âme
Le sentiment si long dont la chaleur vous pâme ?
Et comment si long-temps votre sein a-t-il pu
Nourrir, sans éclater, le feu qui l'a perdu ?

PAUL.

Dieux ! avec quel talent vous chaussez le cothurne !

SOLANGE.

Quel amour colossal !... mais qui va jusqu'à l'urne !
C'est un genre inédit qui me paraît plaisant ;
En avez-vous beaucoup de ce feu complaisant ?
Pour nos petits neveux conservez-en l'espèce :
Ne l'aventurez pas en en faisant largesse

PAUL.

Mais entendez-moi....

SOLANGE.

           Point ! je suis trop en courroux
De voir avec quel flegme on se conduit chez vous.
Eh quoi ! c'est au moment d'engager la querelle,
Que vous vous repliez en lâche sentinelle !

PAUL.

Je m'offense à la fin ; c'est souffrir trop long-temps
Que l'on ose insulter mes plus beaux sentiments.
Ce que je redoutais, c'était votre faiblesse,
Et c'est vous qui venez douter de ma tendresse !
Ce que je craignais tant, d'autres l'ont trop appris :
L'inconstance.... Mais non ! maintenant j'en rougis.
Ne me regardez pas de cet œil de colère !
Un cœur vraiment touché devient atrabilaire.
Tout l'étonne, l'agite, et ses rêves détruits
Comme un tocsin fatal viennent troubler ses nuits.

SOLANGE, avec ironie.

Que vous dûtes avoir de longues insomnies !

ESTHER.

Las ! comme de vos traits les couleurs sont pâlies !

PAUL.

Moquez-vous , l'épigramme est un doux passe-temps
Qnand on a deux beaux yeux avec dix-huit printemps.
Aussi bien escorté , le don de la satire
A des appas piquants donne encor plus d'empire.
Un trait bien affilé fait valoir nos attraits
Et porte d'autant mieux.... qu'on n'y répond jamais.
Mais changeons d'entretien.... Avant de me proscrire ,
Souffrez que ma fierté , Solange , se retire.
Je sais trop les façons d'un préfet belliqueux,
Pour ne point éviter un affront sous vos yeux ;
Son accueil plein de glace et son maintien sévère
Me présagent dans peu quelque catilinaire.
Ne me condamnez pas pour un trop juste orgueil :
C'est mourir bien des fois que laisser votre seuil !
A de doux souvenirs mon amitié fidèle
Sera là près de vous quand vous serez loin d'elle.
Ah ! songez quelquefois à ce pauvre exilé
Qui pour un gouffre affreux change un ciel étoilé.
Votre œil me suivra-t-il dans la noire géhenne
Où de l'ambition le Satan se démène ?
Je frissonne en pensant à ce dédale obscur
Où l'homme le plus droit trouve un chemin peu sûr ;
C'est là que sans pudeur la fortune s'allie
Le mensonge impudent , la basse calomnie,
Sur l'affreux tapis vert où des hommes bien nés
Soldent de leur honneur leurs désirs effrénés.
Ne craignez rien, Solange ! à ce banquet infame
Je ne puiserai rien d'indigne de votre âme.

Tel je viendrai m'asseoir à ce festin fatal,
Tel vous me reverrez, toujours franc et loyal.
Non ! jamais je n'irai par de sales intrigues
Semer cet or honteux dont d'autres sont prodigues,
Flatter les vils penchants de nos bons électeurs
Et, pour mieux les avoir, escompter les honneurs.
Je suis digne avant tout et je resterai digne.
Laissons les mendiants s'écarter de la ligne.
Je veux que le mandat vienne ici me trouver
Et ne pas faire un pas qu'il faille réprouver.

SOLANGE.

Bravo ! nous nous battrons en vrais Caton d'Utique.

ESTHER, à Paul.

Vous faites, cher monsieur, un profond politique.
Ces vertus d'un autre âge et ces colifichets
Au siècle où nous vivons sont de maigres hochets.
Ce n'est qu'à Charenton qu'on trouve ce purisme.
Ah ! parlez-moi plutôt d'un bon positivisme.
Les écus, cher monsieur, voilà qui sonne haut !
On est avec cela candidat comme il faut.
On vous résiste :... allons ! vite une batterie !
Et vous faites pleuvoir une mitraille amie.
Je ne sais rien, d'honneur ! dont l'effet soit plus prompt
Que celui d'un métal aussi nauséabond.
Souriez à propos, faites bien la courbette....
A ces bons électeurs vous passez la jambette.
N'allez pas vous targuer d'un mauvais point d'honneur !
Une fois à la Chambre on en a plein le cœur.
Soyez fin, cauteleux, et quelquefois banquiste,
Pour peu que vous teniez à sortir de la liste.
On en connaît plus d'un qui, suppôt d'Arlequin,
N'eut pour arriver là que le saut du tremplin !

PAUL.

Je vous trouve vraiment....

ESTHER.

                  Superbe de cynisme ;
Que voulez-vous? Je suis d'un parfait égoïsme.
Je n'ai pas comme vous tous ces beaux sentiments
Qui vous ont fait , je vois, Don Quichotte à trente ans.
J'envisage autrement la machine publique.
Je ris , mais de bon cœur, du feu patriotique.
Tout ce zèle effrayant de nos bons citoyens
Me fait l'effet d'un os qu'on place entre deux chiens.
Ne vous récriez pas.... la chose est assurée....
Vous avez tout à point pour servir de curée....
Honnête et convaincu , droit parmi des forbans....
Eh ! que faut-il de plus pour éreinter les gens ?

PAUL.

Soit ! l'on m'éreintera : votre philosophie
Ne me guérira point de mon humble folie.
Quoique depuis long-temps quatre lustres m'aient fui ,
J'ai l'horrible malheur de penser mieux d'autrui.
De croire aux gens de bien j'ai la pauvre faiblesse :
De m'enrôler chez eux j'aurai la maladresse.

ESTHER.

Libre à vous ! combattez en vaillant chevalier.
Plus d'un moulin attend le combat singulier.
Mais ce n'est point à moi d'être votre Cassandre.
J'habite, croyez-le, loin des bords du Scamandre.
Notre drapeau diffère et j'ai la crudité
De ne point appuyer.... un bourreau d'équité.
J'honore la vertu, je hais le rigorisme.
Allez ! j'ai comme vous ma carte de civisme.
L'honnêteté me plaît ; mais dans ce duel à mort
Sachez que le plus traître est toujours le plus fort.

Vouloir à ces messieurs opposer la noblesse ,
C'est avec les chacals être en délicatesse.
Tenez–vous–le pour dit.. .

PAUL.

        Soit ! je succomberai.
Mieux vaut être vaincu que de vaincre taré.
C'est avec le front haut que je cours à ma perte.
La fortune avilit lorsque l'honneur déserte.
Les traits empoisonnés de vos Carthaginois
Frapperont, quoi qu'il soit, un ennemi courtois.
Ce qu'on perd en tombant , la gloire le rachète ;
La victoire à ce prix vaut moins que la défaite.
Mais , je vous dis adieu. ..

SOLANGE.

     Quoi ! vous partez ?

PAUL , se retirant.

         Hélas !

ESTHER , faisant une révérence.

Allez ! mes compliments à l'honnête Barras !

SCÈNE IV.

Mlle. SOLANGE DE LA BÉOTIE, Mlle. ESTHER DE LA BÉOTIE.

SOLANGE.

Méchante !

ESTHER.

     Bah ! je ris de votre enthousiasme.
L'honnêteté trop crue attire le sarcasme.
L'inoffensif honneur de cet intègre preux
Sur nos modernes fronts fait dresser les cheveux ;

Ton esprit prévenu pour ce type fossile
Ne voit pas les lazzis dont l'accable la ville.
Ce genre est aujourd'hui d'un grotesque achevé.
Cicéron n'est qu'un gueux et Brute est décavé.

SOLANGE.

Superbe !

ESTHER.

Pauvre sœur ! dans le siècle où nous sommes ,
Un bon manant vaut seul dix maigres gentilshommes.

SOLANGE.

Et tu rêves sans doute....

ESTHER.

Un honnête parti
Qui de faux points d'honneur ne se soit pas nanti ,
Et qui vous courtisant sur l'air d'un mélodrame
Ne vienne pas mêler cent vertus à sa flamme.
Je n'ai point de pitié pour ces tristes rêveurs ,
Du pauvre genre humain implacables censeurs ,
Qui , sans cesse drapés dans leur manteau tragique ,
Fatiguent du fracas de leur vertu civique.

SOLANGE.

Monsieur de Ségalas , candidat patenté ,
Politique accompli de par l'autorité ,
Bavard officiel , s'il plaît au ministère ,
Catapulte à voter , sur un ordre contraire ,
Inébranlable appui du trône et de l'autel ,
Dynastique enragé , grand bedeau d'Israël ,
Homme du bon plaisir , eunuque de la Chambre ,
Mettant dans ses discours la chaleur de novembre ;
Un grand nom , peu d'esprit , mais de l'or à foison ,
La seule nullité de toute sa maison ,

2

Voilà les traits flattés de ce colis honnête
Qui vient tous les cinq ans nous sauter à la tête.
Cet aimable produit, débarqué du matin, .
A-t-il déjà troublé ton beau ciel féminin ?
Les cheveux inconnus de ce cher petit-maître
Ont-ils de cent degrés haussé le thermomètre ?
Tu rougis ! Ah ! fort bien !.... ce touchant incarnat
Nous en dit assez long sur ce beau candidat.
Du baron de Foirac la douce calvitie
A déjà de ton cœur surpris l'orthodoxie.
Va ! ne t'en défens pas....

ESTHER.

Il est fort bien posé !

SOLANGE.

Vraiment !

ESTHER.

Mais sur le turf il est très-haut prisé !...
Et tu ne saurais croire avec quelle main sûre
Il a battu *Vermouth* d'une triple encolure.. .

SOLANGE.

Ah ! quel homme accompli ! quel superbe éleveur !

ESTHER.

Des oncles haut placés, ... un père sénateur,...
Des terres....

SOLANGE, riant.

Pas de dents !....

ESTHER.

Un grand air....

SOLANGE, riant plus fort.

Cacochyme

ESTHER.

Bref, un jeune....

SOLANGE.

Vieillard, des pieds jusqu'à la cime.

ESTHER, avec vivacité.

Mais au Conseil d'État il est sûr d'arriver....

SOLANGE.

Si quelque heureux excès ne vient pas l'achever.
Je m'étonne vraiment qu'aujourd'hui l'on raffole
De ces maris perclus, bâtis en terre molle,
Pendules détraqués, dont le *nec plus ultrà*
Est d'aller en un jour du cercle à l'opéra.
Vous les voyez pourtant, héros du demi-monde,
Porter jusqu'à Longchamps leur course vagabonde,
Jusqu'à battre des mains quelquefois s'essouffler,
Quand quelque grand jockey vient de se révéler.
L'œil jaune, le teint blême, armés d'un long cigare,
Ces petits avortons promènent leur catarrhe
Et s'en vont, le front haut, de beautés en beautés,
Porter, comme des paons, leurs squelettes voûtés.
Ces beaux échantillons de la bêtise humaine
Ont-ils donc, chère sœur, mis ton âme à la peine?
Et de ces jeunes fats, éreintés à vingt ans,
Vas-tu sans sourciller accepter les dépens?
Se peut-il franchement qu'à cet âge où nous sommes,
De plein gré nous puissions épouser des fantômes,
A des amants en botte engager notre foi,
Et le jour du festin commander le convoi!
Non, jamais, chère Esther, tu ne me feras croire
Qu'à ton ambition tu serves ce pourboire,
Et que, pour éclater dans le noble faubourg,
Tu te fasses un jeu d'un mot sacré : l'amour.

ESTHER.

Fadaises, tout cela.... Ce luxe de paroles
Siérait mieux aux rhéteurs de nos vieilles écoles
Il n'est plus qu'un seul mot aujourd'hui : dominer !
Jusqu'aux plus hauts emplois gravir, s'acheminer,
Commander en tous lieux, déborder de son faste
De son voisin gênant la lumière néfaste,
Avoir un pied partout et se multiplier
Comme l'être fatal pour qui tout doit plier,
Être à la cour traité de puissance à puissance,
Avoir d'un clan nombreux la fourmillère immense,
Remuer terre et ciel, monter, monter toujours,
Voilà ce que l'on rêve et voilà mes amours !
Tu t'indignes ?...

SOLANGE.

     Oh ! non ; mais je vois avec peine
Comme un cœur de vingt ans marche à la quarantaine
J'assiste avec tristesse à la précocité
Qui met d'un côté l'or, de l'autre la beauté,
Qui pour de vains honneurs laisse escompter son âme,
Et vend pour de faux bruits son grand titre de femme.

ESTHER.

Solange !....

SOLANGE.

     Fâche-toi,... moi je parle crûment
Et la diplomatie est mon moindre élément.

FRANCETTE, annonçant.

Madame de Roland....

SCÈNE V.

Mlle. ESTHER DE LA BÉOTIE , Mlle. SOLANGE DE LA BÉOTIE ,
Mme. DE ROLAND.

ESTHER, bas.

Dieux ! la bonne bavarde !
Qui pour tous les secrets est toujours d'avant-garde.

Haut et allant au-devant d'elle.

C'est fort aimable à vous que de vous souvenir
Du plaisir qu'on éprouve à vous entretenir....
Prenez donc ce fauteuil....

Mme. DE ROLAND.

Vous êtes fort civile...

SOLANGE, d'un ton goguenard.

Voyons, racontez-nous une chose entre mille !

Mme. DE ROLAND.

Mon Dieu ! vous le savez , c'est mon moindre souci ,
Et je m'occupe peu des affaires d'autrui ;
Quand quelque évènement vient chez moi me surprendre ,
Je suis la moins hâtée à courir le répandre.
Tenez.... on disait hier que la jeune Sorgueil
Fait à son vieil époux un pitoyable accueil !

ESTHER.

Des médisants !...

Mme. DE ROLAND , avec feu.

Non point !... Elle le bat à plâtre.
Admirable recette, au point qu'il l'idolâtre !
Et la dernière nuit il fut si bien rossé ,
Qu'il n'est pas d'épagneul pour être mieux dressé.

SOLANGE.

Quel ange domestique !

Mme. DE ROLAND.

Allez , ce n'est point rare.
Le ciel de jour en jour s'en montre moins avare ;
Et je connais plus d'un ménage où ce produit
Enfariné le jour se réveille à minuit.

ESTHER.

Bah !

Mme. DE ROLAND.

Si je vous contais tous les petits scandales
Qui viennent émailler les douceurs conjugales !
De la belle Joulin les discrètes fureurs ,
De la belle Boison les touchantes erreurs ,
De la prude.... Mais non, je ne veux pas médire :
Des défauts les plus laids ce défaut est le pire ,
Et je craindrais vraiment de compromettre ici
Quelques rares vertus que je condamne aussi.
Les Baure,... les Chauvel, et cent beautés honnêtes ,
Crotales habillés et femmes à sonnettes ,
Qui s'en vont chaque jour de maison en maison
D'un fiel endimanché distiller le poison.
De ces maigres cerveaux la vanité bourgeoise
Bâtit à tout propos des phrases à la toise ,
Où dans chaque syllabe un vide sans pitié
Change en désert affreux leur langage ennuyé.
Pour un rat qu'on écorche ou pour un chat qu'on fouette,
Elles font des discours à vous tourner la tête

Changeant de ton.

Delaroche a failli....

SOLANGE.

Le pauvre homme !

Mme. DE ROLAND.

Vraiment,
Vous prenez pour le plaindre un singulier moment :
Vienne après celle-là quelque autre banqueroute ,
Et le fripon aura....

ESTHER.

Des millions....

Mme. DE ROLAND.

Sans doute.

SOLANGE.

Berthe épouse....

Mme. DE ROLAND.

Gontran , un usurier dodu ,
Qui dans un autre temps aurait été pendu :
Mais notre siècle a mis les filous à la mode ,
Et chacun plus ou moins use de la méthode.

ESTHER.

Clarisse...

Mme. DE ROLAND.

Est fort malade et va de mal en pis,
Depuis qu'à son chevet trois ânes sont commis ;
L'un parle , l'autre baille et l'autre qui sommeille
Rêve qu'ils ont tué la malade qu'il veille.

ESTHER.

Alors j'irai demain lui faire mes adieux.

Mme. DE ROLAND.

S'ils n'ont eu le talent de lui fermer les yeux.

SOLANGE.

Monsieur Marck...

Mme. DE ROLAND.

Un vieux fou !

ESTHER.

Son fils....

Mme. DE ROLAND.

Un pauvre hère !

SOLANGE.

Monsieur Blot....

Mme. DE ROLAND.

Rit toujours. ..

SOLANGE.

Sa femme ?...

Mme. DE ROLAND.

Est poitrinaire.

ESTHER.

Quel heureux naturel !

Mme. DE ROLAND.

Bah ! si je vous contais
Tout ce que notre ville offre de sots parfaits ,
De poseurs inédits , de types ridicules ,
De venimeux auteurs de méchants opuscules ,
De braillards applaudis , héros de carrefour ,
Qui chez les ignorants font gronder le tambour
Et s'en vont, appuyés sur leur énorme caisse ,
D'une foule aveuglée exploiter la faiblesse....
Mais , voici votre père....

SCÈNE IV.

Mme. DE ROLAND, Mlle. ESTHER DE LA BÉOTIE, Mlle. SOLANGE
DE LA BÉOTIE , M. DE LA BÉOTIE , M. le marquis DE FOIRAC,
candidat officiel (costume excentrique, type de la fashion, grêle ,
mince, voûté et chauve).

DE LA BÉOTIE , au Marquis.

Entrez, cher député !
Madame de Roland !... Quelle amabilité !

Présentant M. de Foirac :

Le marquis de Foirac.

Mme. DE ROLAND, bas à part.

Quelle excellente aubaine !
Que je contemple, enfin, ce cher catéchumène.

ESTHER.

Vous arrivez, Monsieur ?...

LE MARQUIS.

De Paris, et vraiment
Ce voyage me met dans le ravissement,
Puisque à peine échappé de notre capitale
Je trouve en arrivant
S'inclinant.
des beautés sans égale.

Mme. DE ROLAND, bas à part.

Un peu fade....
ESTHER, visiblement flattée.

Monsieur !

SOLANGE, bas.

Seigneur, Dieu ! qu'il est mal !

LE MARQUIS, regardant Esther, bas.

Quelle femme splendide !
ESTHER, à part.
Un grand air féodal !

Mme. DE ROLAND, au Marquis.

Vous qui hantez, Monsieur, la foule officielle,
Vous nous apportez bien quelque grande nouvelle !

LE MARQUIS.

Gladiateur est mort, — *Spartacus* a monté,
Je mets vingt mille écus demain sur *Astarté*.

SOLANGE, bas, en riant.

Je n'en puis plus....

Mme. DE ROLAND.

Parlons un peu de politique....

LE MARQUIS, d'un air distrait.

Astrolabe avait hier une forte colique.

SOLANGE, bas.

Quel homme de bon ton !

LE MARQUIS, d'un air suffisant.

En me rendant au bois ,
J'abordai l'autre jour ce cher marquis de Foix.

Se retournant vers le préfet.

Vous le connaissez !

DE LA BÉOTIE.

Non !

LE MARQUIS.

Il est fort à la mode
Et vient de découvrir une grande méthode
D'entraînement....

SOLANGE.

Vraiment !

LE MARQUIS, avec entrain.

Ah ! c'est fort curieux
Et c'est à ne pouvoir en détacher ses yeux !
En moins de quinze jours il vous fait un squelette
A vous faire dresser les cheveux sur la tête.
Il vous prend, vous malaxe et vous pétrit si bien,
Qu'en moins d'une semaine il vous réduit à rien,
Et dans huit autres jours il n'est point de lanterne
Qui n'accepte des points de ce bijou moderne.

SOLANGE.

Quelle capacité !

LE MARQUIS, s'échauffant.

C'est un homme ! ! !... L'État.

Qui s'y connaît....

DE LA BÉOTIE, avec suffisance.

Un peu!

LE MARQUIS.

Le porte candidat.

Mme. DE ROLAND.

C'est juste et je comprends qu'on récompense un homme
Par obligation de tous ceux qu'il assomme.

DE LA BÉOTIE, au Marquis.

Nous allons maintenant, si vous le voulez bien,
Sur de moindres objets tourner notre entretien.
Vous a-t-on dit les gens influents de la ville
Qu'il nous faut relancer jusques à domicile?
L'artisan vaniteux, le grotesque bourgeois,
Qui vit comme une horloge et pense tant par mois,
Le boutiquier célèbre et plein de sa personne
Qui décide sur tout comme un maître en Sorbonne.
Et, pour résumer tout, cent autres vanités
Qui font et qui défont nos plus grands députés?

LE MARQUIS, d'un ton sérieux.

En partant j'ai couru deux ou trois ministères
Pour être édifié sur certains mammifères
De chez vous.

ESTHER, riant.

L'insolent!

SOLANGE, bas.

Peste soit du croquant!

Mme. DE ROLAND.

Comme on vous l'a dressé, ce petit intrigant!

LE MARQUIS, d'un ton dégagé.

Ne possédez-vous pas un certain Lacaussade?

DE LA BÉOTIE, au Marquis.

Je vous engage fort à lui faire accolade,
C'est un homme taré,... perdu,... mais influent.

Mme. DE ROLAND, d'un air malin.

Mais il a dans sa vie un fait atténuant :
Quand le diable voulut qu'il épousât sa femme,
Un chevalier errant avait trompé la dame.
Notre héros d'abord s'emporta, fit grand bruit ;
Mais, le métal aidant, il fut bientôt réduit.

LE MARQUIS, souriant.

Ce qui n'empêche pas que l'on vous considère,
Ni de faire, au besoin, un bon propriétaire.

SOLANGE, bas.

Quel homme accommodant ! mais c'est en vérité
Le modèle accompli de l'élasticité !

LE MARQUIS.

On m'a beaucoup parlé de Monsieur d'Harlinville.

ESTHER.

Vertueux commerçant, très-connu dans la ville !
Pour les siens excepté, libéral à tous crins,
Et comme opinion, le roi des Arlequins.
Républicain fervent, modeste autant que sage,
Il sait à tous propos montrer son personnage,
Rentrer, quand il le faut, ses cornes d'histrion
Et courir aux honneurs dans la peau du lion.

Mme DE ROLAND.

Il n'est point de vertu sans quelque marécage !

ESTHER.

Pour maintes qualités je lui rends témoignage,
Et dans tout le pays il n'est pas d'aboyeur
Pour être plus méchant, ni plus mauvais coucheur.

Ajoutez à cela que ce fils de Mercure
Se sent, mais tout-à-coup, né pour l'agriculture ;
Le drainage l'étouffe, il rêve assolements,
Ruisseaux mystérieux avec sanglotements ;
Cochons, vaches, bergers, dans sa pauvre cervelle,
Comme des furieux tournent la manivelle.
Mérinos et taureaux, médailles et grands prix,
Fouettent à qui mieux mieux la folle du logis,
Jusqu'à ce qu'un beau jour son humble boutonnière
Porte modestement la rose printanière...
C'est son rêve.

LE MARQUIS.

Merlin ?

DE LA BÉOTIE.

Tourne à l'austérité
Et ne dérobe plus qu'avec sobriété,
Depuis que dans ses mains le vol héréditaire
A fait ce qu'en cent ans d'autres n'auraient pu faire.

LE MARQUIS.

Monsieur de Rasompierre ?

ESTHER.

Ah ! l'ennuyeux faquin !
Tout son esprit tiendrait dans un alexandrin.

LE MARQUIS.

Barante ?

ESTHER.

Un homme nul.

LE MARQUIS.

Radinel ?

Mme DE ROLAND.

Un notaire ! ! !
Mais comme on n'en voit plus dans notre pétaudière ;

Gros, gras, replet, repu, l'aimable amphitryon
Va du salon au lit et du lit au salon ;
Et ce qui me surprend, c'est que l'énorme masse
Veut d'un bouquet d'artiste affubler sa carcasse ;
De l'école primaire échappé le premier,
Il se croit par moments l'émule de Cuvier ;
Moquin-Tandon n'est plus qu'un âne en botanique ;
Sur l'algue Ravinel devient dithyrambique,
Il sait tout, veut tout voir : l'infiniment petit
De l'infiniment gros concentre tout l'esprit.
Micrographe, légiste, artiste, calligraphe,
Il rêve les honneurs et s'est fait photographe !

SOLANGE.

Quelle horreur !

DE LA BÉOTIE, au Marquis.

On a dû vous dire quelque mal
D'un certain Ganesco....

LE MARQUIS.

Conseiller général ?

DE LA BÉOTIE.

Justement : c'est ici le roi de la finance,
Et le plus grand sournois que l'on connaisse en France ;
C'est un adroit fripon, faites-en votre ami !

LE MARQUIS.

On ne cultive point un tel homme à demi....
Et j'irai dès demain faire sa connaissance
Et de tous mes respects lui porter l'assurance.

DE LA BÉOTIE.

Allez ! mais avec lui ne vous fendez pas trop,
Gardez-vous le premier de prendre le galop ;

C'est comme homme privé le genre apostolique,
Et le plus grand vaurien qui soit en politique.

LE MARQUIS.

Le marquis d'Estournelle ?

ESTHER.

Un avocat braillard
Qui croit du monde entier attirer le regard,
Et qui ne peut lâcher trois ou quatre paroles,
Sans faire avec les mains autant de cabrioles

LE MARQUIS

Ducouret, Bonbonel, le vieux Malagutté ?

ESTHER riant.

Trois membres réussis de notre faculté !

Mme. DE ROLAND, au Marquis.

Le docteur Ducouret est un gros personnage
Qui d'un petit talent fait un grand étalage ;
L'œil fauve, en vrai chacal, toujours le nez au vent,
A grands coups de trompette il cherche le client.
Quand il a mis la main sur le sot qu'il abuse,
Il montre à tous propos sa tête de Méduse ;
Pour le réconforter il vous le saigne à blanc
Et lui prend ses écus en lui buvant son sang.
Charlatan et verbeux, son agile membrure
Près des moulins à vent ferait quelque figure.
Généreux, bon confrère et courtois ennemi,
Il pratique avec art l'éreintement ami.
Vous flatte en vous mordant, et ce type modèle
A grands coups de boutoir vous témoigne son zèle.

ESTHER.

Le docteur Bonbonel se recommande à vous
Par son esprit étroit et son maintien jaloux.

De ce triste ignorant la vanité mesquine
Croit être le sauveur de ceux qu'il assassine.
L'œil froid , le nez placide et plein de gravité ,
Il vous soigne et vous tue avec tranquillité.
Charitable et dévot. ce faux homme d'église
Des pauvres est connu par ceux qu'il brutalise ;
Il hait ce qui s'élève , en tout veut prévaloir ,
Et de tous les talents s'est fait le repoussoir.

DE LA BÉOTIE.

Le vieux Malagutté , c'est le singe fait homme :
Mandrille et Chimpanzé composent le bonhomme.
Quand il parle il encense , on dirait un ressort
Qui monte et qui descend pour remonter encor !
Hélas ! pour mériter la valeur qu'on lui donne ,
Ses gestes ont plus fait que toute sa personne.
Le télégraphe à bras et l'électricité
Sont chez lui toujours prêts à quelque urbanité ;
Il vous saisit vingt fois dans vingt cercles magiques
Qu'avec dextérité tracent ses doigts étiques,
Vous accable à la fois de mots et de signaux ,
Et vous fait vingt discours et deux cents soubresauts.
Les propos impudents de ce pantin illustre,
Nourris de fausseté , lui donnent tout son lustre,
Et la ruse et la haine et l'envie et le faux
De cet esprit méchant composent les tréteaux.

LE MARQUIS.

Je n'irai point trouver ce balancier modèle !

DE LA BÉOTIE.

Vous mettrez contre vous toute sa clientèle.

LE MARQUIS.

Ah ! diantre !

DE LA BÉOTIE.

Croyez-moi...

LE MARQUIS.

Bien ! j'y réfléchirai !

DE LA BÉOTIE.

Que Monsieur Pèrotin surtout vous soit sacré.

LE MARQUIS.

Monsieur Pèrotin ?

DE LA BÉOTIE.

Oui ! c'est leur âme damnée,
Le roi de la rhubarbe et de la scammonée,
Le grand dispensateur de ces flacons coquets
Qui renferment la mort avec beaucoup d'apprêts,
Remplis d'une eau limpide et pleine de mystère
Qui vous tue un client... sans un grain de poussière.

LE MARQUIS, d'un ton plaisant.

Ouais ! vous me conseillez un ami dangereux !

Mme. DE ROLAND.

Mais, comme empoisonneur, je ne vois rien de mieux !

DE LA BÉOTIE.

Vous êtes, entre nous, un homme difficile !

ESTHER.

Il connait le Codex comme son évangile ;
Mais il est âpre au gain comme un Carthaginois,
Et vendrait au besoin jusqu'à du feu grégeois.
Qu'importe le sujet sur lequel il exerce,
Si c'est en l'assommant que marche le commerce ?

LE MARQUIS.

Je vais le conseiller à mes deux concurrents,
Monsieur Paul de Raymond et Monsieur Tremblemans :

Monsieur Paul de Raymond , que je ne connais guère....

SOLANGE.

Halte–là ! cher Monsieur ! laissez son savoir–faire !
Je le connais assez pour vous dire , entre nous ,
Qu'il en est peu , ma foi , pour l'égaler chez vous .
Sur le turf il est vrai qu'il ne fait point figure.

LE MARQUIS , bas.

C'est un petit garçon...

SOLANGE.

       Mais, si par aventure
Il faut parler, agir, faire acte d'un grand cœur,
Donner pour son pays son sang avec honneur,
Je connais certain fat dont toute la jactance
A côté d'un tel homme aurait maigre apparence ,
Et qui malgré son verbe et son ton dédaigneux
Ferait par le contraste un type de cagneux.

LE MARQUIS , naïvement.

J'ai parmi mes amis , chose très–remarquable !
Sans y changer un trait un type tout semblable ;
C'est étonnant !

Mme. DE ROLAND.

       Laissons ces deux beaux concurrents,
Pour les connaître à fond vous aurez tout le temps ;
Et je ne doute point que quelque bonne affaire
N'offre sur ce point-là de quoi vous satisfaire.

Se levant :

Deux heures moins un quart.... c'est l'heure du sermon
Que prononce aujourd'hui Monsieur de Saint-Simon !
On a dû vous parler de ce petit vicaire
Qui , gros comme un ciron , gronde comme un tonnerre ,

. Et qui, jusqu'à Noë lancé sans défaillir,
Vous prouve en cinq cents points qu'il vous faudra mourir.

A Esther et à Solange.

Venez-vous?

ESTHER.

Oui, nous vous accompagnons.

Elles sortent.

SCÈNE VII.

M. DE LA BÉOTIE, M. le Marquis DE FOIRAC.

DE LA BÉOTIE.

J'y songe...
Ne vous portez-vous pas aussi dans la Saintonge?

LE MARQUIS.

Un peu partout...

DE LA BÉOTIE.

Fort bien! c'est un moyen prudent!
L'Orient vous console ainsi de l'Occident.
Vous êtes fort versé sans doute en politique!

LE MARQUIS.

Bah! je me moque bien de la chose publique!

DE LA BÉOTIE.

Vous plaisantez!

LE MARQUIS.

Mais non! Croyez-vous bonnement
Que je sois né marquis pour cet embêtement?

DE LA BÉOTIE.

C'est pourtant un mandat...

LE MARQUIS.

Quelle plaisanterie!!!
Cher Monsieur, c'est pousser trop loin la raillerie!

Vous vous imaginez qu'une fois sur les bancs
Comme un chien enragé je me battrai les flancs,
Pour attaquer l'Espagne, attaquer l'Italie,
Et, les poings sur la hanche, empoigner la Russie !

DE LA BÉOTIE, souriant.

Il est d'autres sujets...

LE MARQUIS.

Je n'en disconviens pas ;
Le budget, par exemple,... un vrai galimathias !
Ce splendide horizon pour une intelligence
M'afflige chaque fois d'un baillement immense,
Et l'algèbre au collège en moins d'instants produit
Le sommeil lamentable où je me vois réduit.

DE LA BÉOTIE, bas à part.

Politique–zéro, néant pour la finance !
C'est peut–être, en revanche, un foudre d'éloquence.

Haut.

J'espère qu'à la Chambre on vous verra parler...

LE MARQUIS.

Ah çà ! vous voulez donc, très–cher, m'écarteler ?
A vous entendre ici l'on croirait, je suppose,
Qu'il faut absolument que je sois quelque chose !
Où diable avez–vous pris pareille antiquité ?
Mais on est, sans rien faire, un très–bon député.

DE LA BÉOTIE.

Mais, l'opposition...

LE MARQUIS.

N'avons–nous pas le nombre ?
Avec l'arithmétique on vous la met à l'ombre.
Avec beaucoup d'élan quatre cents nullités
Ont toujours mieux vallu que cent célébrités.

On hue , on vocifère , on s'unit pour combattre ,
Et ce n'est pas pour rien que deux et deux font quatre !
C'est un moyen sûr , et...

DE LA BÉOTIE.

Sans écartèlement....

LE MARQUIS.

On fait plus par les pieds que par l'entendement.

DE LA BÉOTIE.

Je crois que, sans flatter, vous comprenez l'époque.
La cabale et l'argent,.. bravo ! point d'équivoque !
C'est avec ces deux mots qu'on fait tous les talents
Et qu'au mérite vrai l'on peut montrer les dents.
Vouloir être sans eux... quelle sotte manie !
Mais c'est par actions que l'on a du génie !

LE MARQUIS.

Parfaitement !

DE LA BÉOTIE , bas à part.

Tudieu ! quelle précocité !

LE MARQUIS.

On n'est rien aujourd'hui sans quelque habileté !
Quand il s'agit d'honneurs , tout le monde s'attroupe ;
Voulez-vous arriver , faites sauter la coupe !

DE LA BÉOTIE.

Quant à la politique....

LE MARQUIS.

On n'en prend point souci.

DE LA BÉOTIE.

Ce qu'un ministre veut....

LE MARQUIS.

Vous le voulez aussi.

DE LA BÉOTIE.

Nous sommes cependant dans des temps difficiles
Où le gouvernement voudrait quelques habiles....

LE MARQUIS, d'un air rêveur.

Mille écus....

DE LA BÉOTIE, continuant.

L'Italie aux abois...

LE MARQUIS, continuant à se parler à lui-même.

Je les tiens....

DE LA BÉOTIE.

La Russie orthodoxe et les peuples chrétiens...

LE MARQUIS, poursuivant son idée.

Cinquante louis de plus....

DE LA BÉOTIE, sans y prendre garde.

Venise, Naples, Rome,
La presse, les préfets....

LE MARQUIS.

Bah ! je triple la somme.
Une si belle race ! . .

DE LA BÉOTIE, se redressant.

Ah ! mais....

LE MARQUIS, le regardant d'un air surpris.

Mais,... m'y voilà.
Je crois que Némésis battra Caracalla....

ACTE DEUXIÈME

(La scène représente une place publique. Au milieu de la place, un écriteau portant : *Réunion électorale à 3 heures*. Rares passants.)

SCÈNE PREMIÈRE.

ZÉPHYRIN.

ZÉPHYRIN, lisant l'adresse.

Monsieur de Rubenpraix... trente et un sur la place...
Tiens !... ce petit baron a–t–il fait volte-face ?
Je n'en suis pas surpris, c'est la mode ;.. sonnons !
Peste ! De Rubenprais,.. un de nos plus beaux noms !

Il remet la lettre, et se promène de long en large.

Depuis hier seulement trois cent trente visites !
Mon maître enfoncerait tous les aérolithes !
Il descend, il remonte, en deux heures cric-crac,
Centième édition de Monsieur de Foirac !
C'est un ballon monté. Vive la gymnastique !
C'est à qui saute mieux... en fait de politique.
Ah ! si vous aviez vu le seigneur Tremblemans !
C'est lui qui cabriole... à s'en pâmer les flancs !
Il vous prend, vous étouffe, il rit, il chante, il pleure,
Et braille tous les tons dans un petit quart d'heure.
Pour mon maître, il tûrait Blondin et Léotard.
Il est sur le trapèze unique dans son art,
Et je n'ai jamais vu de plus grand acrobate
Pour montrer en un temps le ventre et l'omoplate.
Eh ! marquis de Foirac ! roi de la Fashion !
Arlequin blasonné ! futur pair histrion !

Chevalier de Saint Louis ! de grande et noble race !
Nous voici sur la foire ! Allons, saute paillasse !
Tiens ! ce cher Filoseille !

SCÈNE II.

ZÉPHYRIN, FILOSEILLE.

FILOSEILLE.

Eh ! bonjour , Zéphyrin !

ZÉPHYRIN.

Vous en avez dû faire aujourd'hui du chemin ,
Ton maître et toi ?

FILOSEILLE.

Mais , non !

ZÉPHYRIN.

Comment , non ?

FILOSEILLE.

Je t'assure.

ZÉPHYRIN.

Que me racontes-tu ?

FILOSEILLE.

C'est la vérité pure !

ZÉPHYRIN.

Bah !

FILOSEILLE.

Comme tu voudras !

ZÉPHYRIN.

Ton Monsieur de Raymond.

FILOSEILLE.

Ne fait pas comme vous crever son étalon

ZÉPHYRIN.

Hum ! c'est un homme mort.

FILOSEILLE.

Je le crois bien malade !

ZÉPHYRIN.

Pas un mot ! pas un pas ! pas une mascarade !

FILOSEILLE, d'un air capable.

Ah ! je lui disais bien : il n'a rien entendu ;
C'est à...

ZÉPHYRIN.

Ton maître, cher, est un homme perdu !

FILOSEILLE.

De Foirac près de lui...

ZÉPHYRIN.

Ne ferait pas figure ;
Mais il sait pratiquer à fond l'éclaboussure !

FILOSEILLE, d'un air suffisant.

Quelle société ! ! !

ZÉPHYRIN.

Tout aujourd'hui va mal...
Les lettres et les arts sont morts, plus d'idéal !

FILOSEILLE, d'un ton plaintif.

Ah !

ZÉPHYRIN, d'un ton piteux.

Ah ! les gens d'esprit....

FILOSEILLE.

Comme...

ZÉPHYRIN.

Moi, par exemple,
Sont perdus dans la foule, alors que l'on contemple
Des sots.... .

FILOSEILLE.

Comme...

ZÉPHYRIN.

Mon maître.

FILOSEILLE.

Oh ! la société ! ! !

ZÉPHYRIN.

On est d'une sottise et d'une absurdité !
Le marquis de Foirac ! une belle merveille !
Grands Dieux ! que l'on est bête aujourd'hui , Filoseille !

FILOSEILLE.

Peuh ! la société....

ZÉPHYRIN.

Vous avez un beau nom ,
De l'or , de la bêtise avec beaucoup d'aplomb :
Vous voilà député.

FILOSEILLE , montrant les poings.

Nom de nom !

ZÉPHYRIN.

Filoseille !
Approche ; j'ai deux mots à te dire à l'oreille.
Sais-tu qui l'on eût dû présenter ?

FILOSEILLE.

Ma foi, non !

ZÉPHYRIN.

Devine.

FILOSEILLE.

Monsieur d'Ars ?

ZÉPHYRIN.

D'Ars,.. un petit garçon !...

FILOSEILLE.

Le baron de Vigo ?

ZÉPHYRIN.

Peuh !

FILOSEILLE.

Le duc de Vicence ?

ZÉPHYRIN.

Que vas-tu chercher !

FILOSEILLE.

Mais... un des beaux noms de France !

ZÉPHYRIN, se plaçant en face de lui.

Voyons ! regarde bien en face.

FILOSEILLE.

M'y voilà.

ZÉPHYRIN.

Que vois-tu ?

FILOSEILLE.

Rien du tout.

ZÉPHYRIN, le secouant furieusement.

Cet âne me tûra !
Mais, moi, triple nigaud ! ! !

FILOSEILLE.

Il est fou !

ZÉPHYRIN.

Grand bélitre.
Pour faire un député que faut-il ?... Un bon pître.

FILOSEILLE, riant

A la bonne heure ! ! !

ZÉPHYRIN.

Dam ! je ne suis pas marquis ;
Mais, que de qualités !.. Charlatan ? je le suis.
Ambitieux....

FILOSEILLE.

Bavard.

ZÉPHYRIN.

Intrigant.

FILOSEILLE.

Hypocrite !

ZÉPHYRIN.

Impertinent !

FILOSEILLE.

Menteur !

ZÉPHYRIN.

J'ai bien quelque mérite.

FILOSEILLE.

Orgueilleux comme un paon , fier comme un crustacé,
Et d'une intelligence !

ZÉPHYRIN.

Ah ! si l'on m'eût poussé !...
Je connais plus d'un grand...

FILOSEILLE.

Encore sa marotte !

ZÉPHYRIN.

Qui se fût honoré de me donner son vote.

FILOSEILLE, changeant de ton.

Tes affaires de bourse ?..

ZÉPHYRIN.

Ont fait un mauvais pas !
J'ai perdu l'autre jour vingt louis sur *Grand-Colas* !

FILOSEILLE.

Un si beau cheval !

ZÉPHYRIN.

Peuh ! je prendrai ma revanche.
Une occasion rare...

FILOSEILLE.

Ah ! bah !

ZÉPHYRIN.

C'est pour dimanche.

FILOSEILLE.

Dimanche ! c'est le jour du scrutin.

ZÉPHYRIN.

Justement !

FILOSEILLE.

Je ne vois pas bien clair dans cet arrangement.

ZÉPHYRIN.

Je perds sur le cheval, je vais mettre sur l'homme.
Peut-être vaudra-t-il mieux qu'une bête, en somme !

FILOSEILLE.

Ainsi, tu vas jouer...

ZÉPHYRIN.

Sur mon maître...

FILOSEILLE.

Vraiment !
L'idée est incroyable et j'en vais faire autant.
Cent écus sur le mien et je joue à la hausse !

ZÉPHYRIN.

C'est un pauvre moyen pour rouler en carosse,
Filoseille ! A la baisse, et je place vingt louis...

FILOSEILLE

Comme sur *Grand-Colas* !

ZÉPHYRIN.

Sur mon petit marquis ;
Nous verrons qui de nous paîra la différence.

FILOSEILLE.

Avec ton savoir-faire et ton intelligence !...

ZÉPHYRIN, avec un soupir.

Si l'on m'avait poussé !... Filoseille, sais-tu
Pourquoi, mon pauvre ami, je te tiens pour battu ?

FILOSEILLE

J'écoute...

ZÉPHYRIN.

      Mais d'abord, sans que cela te pique,
Conviens que tu n'es pas un aigle en politique
Comme moi...

FILOSEILLE

     Mais pourtant...

ZÉPHYRIN.

        De la présomption !
Un homme comme toi n'a pas d'opinion.
Car, enfin, comme esprit, tu n'es pas...

FILOSEILLE.

        Je l'avoue.

ZÉPHYRIN.

Tu n'as pas dit deux mots que voilà qu'on te cloue.

FILOSEILLE.

C'est pourtant vrai...

ZÉPHYRIN.

      Partant, je ne m'étonne point
Que tu te sois bâté, Filoseille, à ce point.
Je connais mieux que toi la machine publique :
La Perse me fait peur avec sa politique,
Et les Cochinchinois et le Bélouchistan,
Pour nos plus grands malheurs, dorment sur un volcan.

FILOSEILLE, atterré.

Ah ! mes pauvres écus !

ZÉPHYRIN

Tu comprends, Filoseille !
Un jour le volcan saute...

FILOSEILLE, faisant un bond prodigieux.

Une somme pareille !

ZÉPHYRIN.

Et malgré le succès du marquis de Foirac,
De nos officiels....

FILOSEILLE.

Franchement, j'ai le trac.

ZÉPHYRIN.

La bourse baisse

FILOSEILLE

Assez ! je suis mort... Mais, j'y pense :
Si le volcan s'éteint, pour qui sera la danse?

ZÉPHYRIN.

Mais, naturellement....

FILOSEILLE.

Excellent Zéphyrin,
Je te conseille fort de bien veiller au grain !
Se frottant les mains.
Si mon maître est battu, l'affaire sera bonne.

ZÉPHYRIN.

Si le Bélouchistan....

FILOSEIELLE.

Je ne crains plus personne,
Raymond est trop honnête, on élira Foirac.
La bourse va monter...

ZÉPHYRIN.

Après ?

FILOSEILLE.

J'aurai le sac.

ZÉPHYRIN.

Mais le Bélouchistan...

FILOSEILLE.

Que le ciel te confonde,
Avocat de malheur . avec ta mappemonde !
L'Afghanistan , la Perse et le Bélouchistan
T'ont, à coups redoublés , frappé sur le tympan.
Je ne suis, il est vrai, qu'un sot dans la balance;
Mais le bon Zéphyrin paîra la différence!
Adieu ! voici ton maître.

ZÉPHYRIN.

Ah! quel âne bâté

Tu fais !

FILOSEILLE.

A qui la faute? à la société !

SCÈNE III

M. le Marquis DE FOIRAC , M. TREMBLEMANS.
Ils arrivent tous deux sur la scène sans s'apercevoir.

LE MARQUIS , à lui-même, sa cravache à la main.

Quel métier !

TREMBLEMANS , haut.

Le niveau !

LE MARQUIS.

Quelles gens !..

TREMBLEMANS.

Tuons tout.

LE MARQUIS , d'un ton suffisant :

Quels types en province !

TREMBLEMANS , gesticulant comme un furieux.

En avant ! feu partout!

Il rencontre dans ses mouvements le chapeau de M. de Foirac,
qui va rouler sur le parquet.

LE MARQUIS, se redressant.

Monsieur !

TREMBLEMANS, continuant sans le voir.

Je le répète , il faut qu'on extermine
Tous ces petits gredins pourris dans la racine !

Apercevant De Foirac et saluant.

Le marquis de Foirac !

LE MARQUIS, rendant son salut.

Eh ! Monsieur Tremblemans !
Le plus fougueux , je vois , de mes deux concurrents !

TREMBLEMANS.

Je bénis le hasard qui nous met face à face.

LE MARQUIS, ramassant son chapeau.

Le hasard est poli , Monsieur , je vous rends grâce.

TREMBLEMANS.

Ah ! que je suis heureux de vous trouver ici !

LE MARQUIS, raillant.

Mais c'est un sentiment que je partage aussi !
Depuis quand la province a-t-elle l'avantage
De posséder , enfin , un si grand personnage ?

TREMBLEMANS.

Depuis un mois....

LE MARQUIS.

Paris....

TREMBLEMANS.

Je l'habite l'été....

LE MARQUIS.

Votre état ?

TREMBLEMANS.

Je suis las de la société !

4

LE MARQUIS.

Ah ! diable !

TREMBLEMANS, gesticulant comme un furieux.

Oui ! Monsieur, je supporte avec peine
Tout ce monde stupide à voir comme on le mène !
Ce qu'on nomme le rang et l'inégalité
Me font comme un pétard sauter d'hostilité !
Je ne puis rien souffrir dans la machine ronde ;
Je hais l'autorité , j'abomine le monde ;
Et , de la tête aux pieds , du haut jusques au bas,
Je voudrais tout confondre en un seul branle-bas !

LE MARQUIS.

Peste !

TREMBLEMANS, se démenant.

On n'arrive plus qu'à force de corrompre :
Je ne poursuis qu'un but : Tout casser et tout rompre !

LE MARQUIS, se reculant.

Pas si près !

TREMBLEMANS , s'avançant avec feu.

Tous ces gueux finiront au gibet....
Tous,... tous,... entendez-vous ?

LE MARQUIS , avec désespoir.

Laissez donc mon gilet !

TREMBLEMANS, d'une voix de tonnerre.

Tous ces nobles , morbleu !

LE MARQUIS.

Finissez !

TREMBLEMANS , d'une voix de Stentor.

Sabretache !

LE MARQUIS.

Bon ! voilà maintenant qu'il me prend ma cravache.

TREMBLEMANS, se radoucissant.

Je suis de ma nature un peu vif, emporté.

LE MARQUIS.

Ah ! bah !

TREMBLEMANS.

Chacun de nous a son mauvais côté.
Mais, pour la loyauté,... pour la délicatesse,...
Pour la beauté du cœur, ma foi, je le confesse...

LE MARQUIS.

Pour cela !....

TREMBLEMANS.

Voyez-vous, vive l'honnêteté !
Je ne hais rien autant que la duplicité.
J'ai le bruit en horreur, et cette politique
Qui prend à chaque pas la forme épileptique,
Et dont le ton, les cris et les balancements
Vont, à défaut d'esprit, écornifler les gens !

LE MARQUIS.

Fort bien !

TREMBLEMANS.

Je hais aussi le type sot et fade
De ces petits mourants nourris à l'orangeade
Qui, traversant la vie en vrais saules-pleureurs,
Pensent voler des voix comme ils prennent des cœurs ;
Petits ambitieux, dont toute la machine
Sous le moindre zéphyr tomberait en ruine,
Et dont l'œil languissant et le regard fatal
Vous découpent le sexe en trois quarts d'heure au bal.

LE MARQUIS, d'un air satisfait.

Trois quarts d'heure ! c'est long....

TREMBLEMANS.

Mais, la méthode est sûre.

LE MARQUIS.

La moitié pour se voir et l'autre pour conclure
C'est largement....

TREMBLEMANS.

Parbleu ! vous vous y connaissez !
Vous devez réussir,.. avec des gants glacés !
L'œil vif , le nez cambré , la pose aristocrate...
Mais vous êtes fort bien , ma foi , sans qu'on vous flatte !

LE MARQUIS, d'un air piqué.

Monsieur !

TREMBLEMANS.

Je vous parlais de mon honnêteté ;
Je la mets dans la lutte et dans l'hostilité ,
Et je n'approuve pas qu'en dessous l'on travaille
Les petits et les grands doublés de la canaille...
Nous sommes ennemis, mais le cœur sur la main.
Marchons droit , cher marquis , et pas de souterrain ;
N'employons pour moyen ni cabale ni brigue.

LE MARQUIS.

Depuis quand la valeur gît–elle dans l'intrigue ?

TREMBLEMANS.

Ah ! j'en connais pourtant qui tûraient frère et sœur
Rien que pour vous gagner d'une demi–longueur.

LE MARQUIS.

Les malheureux !

TREMBLEMANS.

Ainsi donc , c'est dit : pas de guerre !

LE MARQUIS.

Pas de manœuvres , ni....

TREMBLEMANS.

De gros sous au parterre.

LE MARQUIS.

Plus de corruptions !

TREMBLEMANS.

Plus de séductions !

LE MARQUIS.

De titillations !

TREMBLEMANS.

D'abominations !
De ces embrassements à tout réduire en poudre !

LE MARQUIS.

De ces revirements aussi prompts que la foudre !

TREMBLEMANS.

De ces contorsions dignes de Tabarin...

LE MARQUIS.

Et surtout, cher Monsieur, pas de fil sous—marin...

TREMBLEMANS.

Moi, je dirai de vous tout le bien qu'on peut dire.

LE MARQUIS.

Croyez qu'à vous le rendre on ne pourra suffire.

TREMBLEMANS.

Il n'est point d'électeurs....

LE MARQUIS.

Comment vous exprimer...

TREMBLEMANS.

Je parlerai pour vous.. .

LE MARQUIS.

Je vous ferai nommer.

Ils se séparent.

SCÈNE IV.

CACATOIS, Jérôme PALANKIN, DE LA BÉOTIE,
DE FOIRAC, TREMBLEMANS.

DE LA BÉOTIE, escorté des deux maires.

On va prochainement décorer tous les maires !

CACATOIS.

Tous ?

DE LA BÉOTIE.

Sans exception... tous nos auxiliaires.
Cher Monsieur Cacatois, que le gouvernement
M'a de vous en secret parlé complaisamment !...
Vous ! Monsieur Palanquin, que de nombreux services
Il sait avoir reçus de vous pour les Comices !
Le ministre m'écrit qu'il a les yeux sur vous ;
Sa main de ses faveurs veut vous accabler tous.

CACATOIS.

Quel excellent ministre !

PALANKIN.

Et quel homme capable ! ! !

DE LA BÉOTIE.

Pour tous ses serviteurs il se montre admirable...
Et le ciel n'a jamais fait voir plus de douceur
Que lorsqu'il nous donna ce grand homme de cœur.

Présentant M. de Foirac.

Le marquis de Foirac !

LE MARQUIS, s'inclinant.

Messieurs !

DE LA BÉOTIE, au Marquis.

Je vous présente
Les plus fermes appuis de toute la charpente

Sociale... Monsieur Jérôme Palankin
Et Monsieur Cacatois Oscar.

LE MARQUIS, bas à part.

Un nom Romain.

Haut.

Mais vous me nommez là deux noms considérables....

Aux maires.

On m'a parlé de vous en termes admirables...
Et l'autre jour encor, mon père en plein sénat
Vous entendait citer avec grand apparat ..

PALANKIN, se rengorgeant.

Comme administrateurs !

CACATOIS.

Et comme économistes !

LE MARQUIS.

Comme hommes de progrès...

DE LA BÉOTIE.

Comme encyclopédistes.

PALANKIN.

Au sénat?

LE MARQUIS.

Au sénat !

CACATOIS, avec chaleur.

Ah ! je le disais bien,
Qu'on ne voit que les sots pour n'arriver à rien !

PALANKIN.

Les imbécilles seuls ne sortent pas de l'ombre !

TREMBLEMANS, qui passe et repasse en prêtant l'oreille, s'arrêtant.

Et ces deux idiots-là ne se croient pas du nombre !

Mes affaires vont mal...

Il continue sa promenade.

LE MARQUIS, aux deux Maires.

Je dois vous le trahir :
J'entrevois pour vous deux un superbe avenir.

CACATOIS, bas à part.

Je l'ai toujours pensé...

PALANKIN, à part.

L'eau me vient à la bouche...

LE MARQUIS, les regardant fixement.

Le conseil général... est—ce que ça vous touche ?

CACATOIS.

Hum !...

PALANKIN.

Hum !...

DE LA BÉOTIE.

Voyons !

LE MARQUIS.

Parlez ! je m'emploîrai pour vous.

CACATOIS.

Eh ! bien...

PALANKIN.

Eh ! bien...

DE LA BÉOTIE.

Allez !

LE MARQUIS.

Pas de gêne entre nous.

CACATOIS.

Eh bien... J'accepte !...

LE MARQUIS, à Palankin.

Et vous ?

PALANKIN.

Je me laisserai faire.

TREMBLEMANS aux écoutes.

Je crois qu'ils sont en train de gâter mon affaire.

DE LA BÉOTIE, au Marquis.

Mais vous n'y songez pas :... une place pour deux ;

CACATOIS.

Ah ! fichtre !

PALANKIN.

Ah ! sacrebleu !

LE MARQUIS, embarrassé.

C'est un cas très—fâcheux !

CACATOIS, bas au Marquis.

Palankin conseiller ! Voyons, c'est une honte !

PALANKIN, bas au Marquis.

Je crois que le sénat s'est trompé sur son compte !..

CACATOIS, bas au même.

Un homme sans valeur !

PALANKIN, bas au même.

Un maire à peu près nul !

CACATOIS.

Un pauvre ambitieux !

PALANKIN.

Qui rêve le cumul !

CACATOIS.

Un âne !

PALANKIN.

Un ignorant !

CACATOIS

Un paltoquet !

PALANKIN.

Un drôle ,
Qui depuis qu'il est maire aspire au capitole !

CACATOIS.

Depuis qu'on l'a nommé, ce petit avorton
Se prend pour un Colbert des pieds jusqu'au menton

PALANKIN.

Allez ! il ne vaut pas bien cher le kilogramme !

CACATOIS.

Voulez-vous tout savoir ? Le monstre bat sa femme !

LE MARQUIS, bas à Palankin.

C'est vous qu'on nommera...

à Cacatois.

Je parlerai pour vous !
Vous êtes de beaucoup le plus fort entre nous !

TREMBLEMANS, à lui-même.

Il est temps d'arriver !....

Prenant Cacatois à l'écart.

N'écoutez pas ce cuistre...
S'il vous fait conseiller , je vous ferai ministre.

CACATOIS.

Mais , je crois que...

TREMBLEMANS.

Je sais tout ce que vous valez ,
En haut lieu , grâce au ciel , j'ai des amis zélés

Tout prêts à vous servir.... Allez, la république
Vous trousse lestement un homme politique ;
Vous n'avez qu'à gagner dans un chavirement :
Je vous prête l'épaule et... vous montez gaîment.

CACATOIS.

Mais vous ?

TREMBLEMANS.

Mais moi, parbleu, je demeure derrière ;
Trop heureux de vous voir, Oscar, au ministère.

CACATOIS.

Tout bien considéré,.. je voterai pour vous !

TREMBLEMANS.

Et la commune aussi !

CACATOIS.

Je vous réponds de tous !...

TREMBLEMANS, faisant mine de s'éloigner.

Je vous baise les mains.

CACATOIS.

Monsieur, je vous salue.

TREMBLEMANS, seul.

Je tiens mon homme... Allons un peu dans la cohue...

Il se mêle à la foule.

LE MARQUIS, à un Monsieur, lunettes d'or, avocat en retraite,
montrant M. Tremblemans.

C'est un énergumène et de la plus belle eau.

LE MONSIEUR.

Un fort petit esprit dans un très-grand fourreau !

TREMBLEMANS, escorté de M Bollivart, qu'il a recruté dans la foule,
montrant M. de Foirac.

Excellent Bollivart, examinez bien l'homme !
Comment le trouvez-vous ce petit gentilhomme ?

BOLLIVART.

C'est votre concurrent?

TREMBLEMANS.

Le monstre officiel,
Qui vient, tout parfumé, de nous tomber du ciel.

BOLLIVART.

Pouah!.. Lorsque j'étais dans la parfumerie,
Je n'ai jamais connu cette distillerie!

TREMBLEMANS.

C'est un garçon charmant,... mais d'une nullité!

BOLLIVART, d'un air important.

A qui le dites-vous?

UN MONSIEUR caustique.

Un futur député!!!

TREMBLEMANS, se retournant.

C'est vous, cher Docteur, qui maniez l'épigramme!
Comment vont vos enfants? Comment va votre dame?

LE MONSIEUR caustique.

Mais, très-bien!

TREMBLEMANS, s'éloignant.

A propos, pour qui voterez-vous?
Tous les gens comme il faut vont se porter sur nous.
Vous ne faillirez à pas votre intelligence!

LE MONSIEUR caustique.

Je me garderai bien de cette impertinence!
Au revoir.

TREMBLEMANS.

Maintenant, tâtons du paradis;
Un saut fait à propos trouve là tout son prix:

Quel excellent terrain pour faire le banquiste !
Justement , j'aperçois un ouvrier lampiste.

Il se dirige vers lui et disparaît dans la foule.

M. SABOURIN, à M. de Foirac, en lui passant la main autour du cou
familièrement.

Cet excellent marquis , comment se porte-t-il
Depuis le temps?..

LE MARQUIS.

Monsieur , vous êtes fort civil ;
Votre nom , s'il vous plaît ?

SABOURIN.

Sabourin , pour tout faire ;
Ju suis l'ancien valet de Monsieur votre père !
Touchez-là !

LE MARQUIS, lui donnant la main. A part.

Quel maraud !

SABOURIN.

Vive l'égalité !
Je ferai pour vous seul voter mon comité!

LE MARQUIS, avec explosion.

Mon excellent ami ?

SABOURIN.

Votre amitié m'honore ;
Pour vous le témoigner, je ferai plus encore !

Ils se perdent dans la foule.

DE LA BÉOTIE, à M. Colardeau, ouvrier fondeur. Lui prenant le bras.

Et ces élections!

COLARDEAU.

Mais, Monsieur le Préfet!

DE LA BÉOTIE, d'un ton patelin.

Bas ! pas tant de monsieur, dans le siècle où l'on est ;

Pour peu qu'on ait d'esprit on comprend les époques.
Nous sommes tous égaux ; vous n'êtes pas des phoques ?

COLARDEAU.

Pour cela !

DE LA BÉOTIE.

       Voyez-vous , mon très-cher Colardeau ,
Notre gouvernement adore le niveau.
Il n'a qu'un vœu , qu'un but : c'est la classe ouvrière ;
Il est temps de lâcher enfin la muselière.

COLARDEAU.

Je le pense !

DE LA BÉOTIE.

      Il est vrai , nous allons lentement ;
Mais nous travaillons ferme à votre avènement.
Nous voulons arriver sans causer de secousse,
Et c'est discrètement qu'en dessous l'on vous pousse.
Nous avançons toujours , mais à pas mesurés :
Quand vous serez rendus , vous vous étonnerez.

COLARDEAU

Parbleu ! comment mieux faire en bonne politique ?
Je vois que vous voulez au fond la république !
Comptez sur moi...

        Ils s'éloignent en causant.

TREMBLEMANS, à M. Giroflay, ouvrier lampiste.

        Mon cher, notre avenir est là.
Notre monde est pourri comme au temps d'Attila !
Mais le glas a sonné de la vieille Sodome !
Pour la précipiter que nous faut-il ? un homme ! ! !

GIROFLAY.

Et cet homme ?

TREMBLEMANS.

C'est moi !

GIROFLAY.

Certes, il en est peu...

TREMBLEMANS.

Ah ! c'est bien malgré moi que je fais cet aveu !
Mais l'amour que je porte à la chose publique
Explique assez l'objet de ce panégyrique...

GIROFLAY.

Après tout...

TREMBLEMANS.

Voyez–vous ! désormais plus d'impôts !

GIROFLAY.

Plus d'inégalité !

TREMBLEMANS.

Tout le monde en sabots !

GIROFLAY.

A bas le monopole !

TREMBLEMANS.

Et les chapeaux à plumes !

GIROFLAY.

A bas le macadam !...

TREMBLEMANS.

Avec tous les bitumes !

Se frappant le front.

J'ai là, dans mon esprit, tout un monde nouveau ;
Les hommes nivelés s'alignent au cordeau.
Je veux réaliser la vie en plate–bande !

GIROFLAY, avec feu.

Et tout le monde aura son petit dividende !
Que c'est beau ! ! !

TREMBLEMANS.

Calmez–vous, sensible Giroflay !

GIROFLAY.

Il faut en convenir, c'est un fameux essai !
Et pour peu qu'on l'applique un jour à Carcassonne,
Tout le monde suivra, du Hâvre à Barcelone.

TREMBLEMANS.

Vous en êtes ?

GIROFLAY.

Parbleu !

TREMBLEMANS.

J'en suis natif aussi.

Lui tendant les bras.

Voyons, embrassons-nous, puisqu'il en est ainsi.

Ils s'embrassent.

DE LA BÉOTIE, accompagné de Colardeau.

Nous sommes tous égaux...

COLARDEAU.

Et je suis votre frère

L'embrassant.

Laissez-moi vous prouver que je vous considère

SABOURIN, accompagné de M. de Foirac.

Je vous ai fait souvent sauter sur mes genoux,
Quand vous étiez petit...

LE MARQUIS, ému.

Ah ! que me dites-vous ?
Vous me comblez de joie et de béatitude ;
Je veux vous témoigner toute ma gratitude.

Il l'embrasse.

FILOSEILLE, au fond du théâtre considérant les trois groupes.

Oh ! la société !..

SCÈNE V.

M. DE RAYMOND, M. DE SOMBREUIL, les Mêmes, sur la place.

DE SOMBREUIL.

Mon cher Paul . croyez-moi :
Défendez-vous , morbleu !

PAUL.

Me défendre ! Et pourquoi ?

DE SOMBREUIL.

Rendez-leur dents pour dents , intrigues pour intrigues.

PAUL.

Non ! ne me parlez plus de ces honteuses brigues.
Si j'ai quelque mérite...

DE SOMBREUIL.

On vous l'éreintera.

PAUL.

Quelque amitié fidèle...

DE SOMBREUIL.

Elle vous trahira.

PAUL, avec surprise.

Mais, vous?

DE SOMBREUIL.

Oui ! moi, c'est tout.

PAUL.

Rubempraix?

DE SOMBREUIL.

C'est un traître.

PAUL.

Sandeau?

DE SOMBREUIL.

N'est pas pour vous ce qu'il vous fait paraître.

5

PAUL.

Dangeau m'est dévoué, Dampierre est mon ami.

DE SOMBREUIL.

Ils sont depuis deux jours passés à l'ennemi.

PAUL.

Ah ! l'amitié, Sombreuil, quel sublime mensonge !
Sa naissance est un rêve et sa durée un songe.

DE SOMBREUIL.

Bah ! n'exagérons rien !

PAUL.

         Lourde est l'humanité ,
Pour qui naquit croyant et croyant est resté !
Confiance, abandon, dévoûment, sacrifice ,
Sont autant de billots dressés pour son supplice !

DE SOMBREUIL.

Mais, il en est pourtant...

PAUL.

         Je le concède encor :
Il en est, comme vous , dont le cœur reste fort.
Mais le flot des méchants déborde et nous inonde
De montagnes de boue à salir tout un monde !
Ah ! quel coup-d'œil affreux je jette en cet égout
Qui sape à chaque pas l'honnête homme debout ;
Dans ce cercle infernal , qu'on appelle le monde,
Et qui pour l'étouffer roule une fange immonde.
Non ! non ! je n'irai pas retrouver ces bandits !
Je tiendrai ferme et haut le drapeau des proscrits !
Je veux qu'autour de moi l'honnête homme se range
Et que les gens d'honneur composent ma phalange.

DE SOMBREUIL.

Je le répète encor, mon cher, défendez-vous !
Faut-il que le méchant vous traîne à ses genoux ?

On peut, sans rien outrer, user de politique
Et devenir, enfin, un candidat pratique ;
Ne pas dire à chacun tout crûment ce qu'il est,
Et ne pas trop brusquer tous les méchants qu'on hait.
Je comprends comme vous tout ce que la sottise,
La vanité, l'orgueil arrachent de franchise.
Parlons de tout cela, mais dans l'intimité !
Ce n'est bon à savoir qu'en petit comité !
Et lorsque l'on défend, comme vous, un principe,
Qu'importe le passé de Paul, Pierre ou Philippe !

PAUL.

Oui, je le reconnais, j'ai le parler trop franc !
La bêtise m'aigrit ; je peste,... j'ai du sang !
J'ai peine à supporter les types ridicules ;
Je voudrais enterrer tous ces animalcules !

DE SOMBREUIL.

Pauvre ami !

PAUL.

　　　　Je le sais ; c'est un rêve imprudent !
J'attaque, on y répond ; je fuis, on me le rend.
Mais, morbleu ! qu'elle est belle aussi la solitude
Où pas un sot ne vient porter sa lassitude,
Où pas un de ces lourds et venimeux pédants
Pour mieux vous déchirer n'ose apporter ses dents !

DE SOMBREUIL.

J'approuve tout cela ; mais votre âme est trop belle
Pour ce pauvre univers, hélas ! indigne d'elle.
On naît, on vit, on meurt, pour s'y trouver mêlé !
Si l'on vous écartelle, on vit écartelé !
Il faut s'accommoder de la malice humaine,
Et savoir dégaîner quand le diable dégaîne.

PAUL.

Soit , je m'efforcerai...

DE SOMBREUIL.

Cela coûte si peu
De se plier, mon cher, à son petit milieu :
Si quelqu'un vous offusque, on détourne la tête..
Votre oreille est ailleurs, si quelqu'autre est trop bête...
Vous savez compatir à la stupidité...

PAUL.

Et l'on devient héros par la neutralité !
Ma foi, mon cher Sombreuil, vous parlez comme un sage ;
Je veux , pour m'en guérir, mettre tout mon courage.
Que vous serez surpris de ce revirement !
Je vous prépare, allez , un long étonnement !
Désormais , je renonce à tout esprit caustique :
Je dois cet abandon à l'homme polique.
Je serai bon , candide, onctueux et clément ,
Comme un verset tombé du Nouveau—Testament !

DE SOMBREUIL.

J'en suis ravi pour vous...

PAUL.

Mais j'aperçois un type
De trente pas au moins qui sent son municipe.

LE MUNICIPAL , l'abordant.

Il fait bien beau, Monsieur...

PAUL.

C'est un temps ! ! !

LE MUNICIPAL.

Un peu chaud !

PAUL , avec effort.

Que c'est vrai !

LE MUNICIPAL , avec animation,

Cependant il faisait frais tantôt !

PAUL, bâillant.

D'un frais !!! Mais maintenant !

LE MUNICIPAL, d'un air capable.

Nous avons de l'eau...

PAUL.

Diable ! ! !

LE MUNICIPAL.

Voyez-vous ! j'ai senti mon rhumatisme à table.

PAUL, bas à part.

Quel intérêt !... Pour peu qu'il continue ainsi
La grêle et les éclairs vont débarquer aussi !

LE MUNICIPAL.

Vous connaissez mon fils ?

PAUL.

Non !

LE MUNICIPAL.

Une intelligence ! ! !

PAUL.

Peuh ! tel père....

LE MUNICIPAL.

Un esprit,... on n'en voit pas en France !
Au collége...

PAUL, bas.

J'étouffe !

LE MUNICIPAL.

A dix ans... tous les prix !

PAUL.

Une tête...

LE MUNICIPAL.

Un sujet !.. Vous en seriez surpris.

PAUL., éclatant.

Un prodige en un mot.., Le prodige nous tue ;
On ne verra bientôt que cela dans la rue.
S'il est si bien , morbleu! prenez vite un bocal
Et tâchez d'y loger ce petit animal...

Il s'éloigne.

LE MUNICIPAL , grommelant.

Il n'aura pas ma voix !

DE SOMBREUIL.

Encore une équipée !

PAUL.

Ce cuistre m'agaçait avec son épopée !

DE SOMBREUIL.

Total : cent voix de moins , éternel persiffleur !
Mais, tenez , j'aperçois un petit orateur.

FAYOL, à Paul.

Je crois que vous avez désormais quelque chance !
J'ai par d'adroits propos doublé votre influence ,
Et, pour vous être utile , auprès des modérés ,
Prononcé vingt discours qu'on a fort admirés !

PAUL.

Vingt discours !

FAYOL.

Oui, Monsieur.,. Je ne saurais vous dire
Les nombreux compliments que ce talent m'attire :
Je ne dénombre plus tous mes admirateurs.
Je suis, entre nous dit, le roi des orateurs !

PAUL.

Mais je croyais pourtant que le grand Démosthènes...

FAYOL.

Qu'on ne me parle pas de ces faquins d'Athènes !

Maître Lachaud, chez nous, en égale au moins deux !
Un homme de ma trempe en vaudrait trois comme eux.

PAUL, raillant.

Avec ce talent–là concourez pour la chambre ;
Qui ne serait flatté de posséder un membre
Aussi rare?...

DE SOMBREUIL , l'arrêtant.

Morbleu !

FAYOL.

           Ne vous moquez pas tant !
Vous prenez, cher Monsieur, un ton bien important.
Avez–vous oublié, mon petit satellite,
Que , grâce à mes poumons, vous avez du mérite,
Et que , sans mes bons mots et mon langage heureux ,
Vous seriez peu connu dans ce monde oublieux !

PAUL, d'un ton rogue.

Monsieur !

FAYOL.

        Laissons cela ; mais je peux vous prédire
Qu'il vous en coûtera pour avoir voulu rire !
Il vous en cuira fort pour ce petit exploit ;
Je fais à mon caprice et le chaud et le froid ,
Et c'est moi qui dirige , à ce que j'imagine ,
Les ressorts importants de toute la machine.
J'ai là , dans mon palais , un petit instrument
Qui vous fait , à son gré, quelque chose ou néant;
Qui , soit qu'il vous élève ou qu'il vous drape un homme,
Avec le même entrain ou le flatte ou l'assomme.
Je suis fort recherché pour ce petit talent.

PAUL.

Pour notre esprit français ce n'est point consolant !
Et , pour vous parler franc , devant vous je m'étonne
Qu'on n'ait point corrigé votre sotte personne !

Nous sommes infestés de ces tristes braillards,
Petits auteurs pelés, avocats nasillards,
Qui hurlent dans la foule en vrais énergumènes,
Et par leurs beuglements font songer aux arènes.
Je m'occupe fort peu de leurs rugissements !
J'en musèle parfois, dans mes mauvais moments.
Êtes-vous satisfait ? Sinon,.. voici ma carte !

FAYOL, s'éloignant subitement.

J'oubliais un discours que j'ai fait sur la charte ;
Je cours le prononcer...

DE SOMBREUIL.

Un ennemi de plus !

PAUL.

Encore une échappée... et j'en suis tout confus !
Mais comment réprimer dans le fond de son âme
Le mépris qu'y soulève un petit fat infâme,
Du barreau populaire exécrable avorton,
Et qui sur tous les airs corne comme un triton !
Je ne saurai jamais comprimer tant de bile !
Qu'on soit sot, je l'admets, mais sot à domicile,
Et qu'on se garde bien de traîner à grand bruit
Un esprit simple et né pour rester dans la nuit !

DE SOMBREUIL.

Ces grands éreintements ne font pas nos affaires !
Il faut compter, Raymond, avec ces mercenaires,
Tous hommes effrontés, vaniteux et hautains,
Qui, mauvais avocats, font d'excellents coquins.
L'arme au bras !... J'aperçois un ouvrier honnête,
Qui pour vous aborder tourmente sa toilette.
Surtout...

PAUL.

Je jure. .

DE SOMBREUIL.

Assez ! ne jurez point ainsi :
Tous ces fameux serments vous ont peu réussi.

Il s'éloigne.

BERLUCHON , à Paul.

Voulez-vous accepter mon appui politique ?
Je vous réponds , Monsieur, de toute ma fabrique.

PAUL.

Vous me comblez !

BERLUCHON.

Non point ! j'aime l'honnêteté ;
Où chercher , à ce titre, un meilleur député ?
Vous voulez le progrès ; vous voulez aussi l'ordre !
Allez ! vos concurrents auront fort à retordre ,
Et si vous acceptez l'offre que je vous fais ,
Vous aurez trois cents voix de plus que je connais !

PAUL.

Comment vous témoigner assez ma gratitude ?
Vous êtes un grand cœur, j'en ai la certitude.
Comme homme généreux , vous n'avez pas de prix ,
Et c'est un grand honneur, Monsieur, pour mon pays !
Dans un siècle où l'on voit toute chose vénale ,
C'est beau de m'apporter sa main rude et loyale !

BERLUCHON.

Permettez !

PAUL.

Ce concours si désintéressé
Vous a , dans mon estime, au pinacle placé ?

BERLUCHON.

Un instant !

PAUL.

J'aime un cœur grand et large ,
Toujours pour la vertu prêt à sonner la charge ;

Chevaleresque et qui, désabusé de tout,
Pour son propre intérêt montre un profond dégoût.

BERLUCHON.

Entendons-nous !

PAUL.

Vraiment, je vous tiens en estime.

BERLUCHON.

Enfin, vous permettez, Monsieur, que je m'exprime :
Ne nous égarons point avec des mots ronflants !
On peut faire le bien,.. avec équivalents !
Voyez-vous, cher Monsieur, services pour services !

PAUL.

Plaît-il ?

BERLUCHON.

J'intriguerai ferme pour les comices !
Si vous voulez ...

PAUL.

Voyons !

BERLUCHON.

Je suis, voici le cas :
Sellier et carrossier du haut jusques en bas !

PAUL.

Après.

BERLUCHON.

Après, parbleu ! vous n'êtes pas précoce :
Si vous voulez ma voix, faites faire un carrosse !

PAUL.

Votre nom ?

BERLUCHON, avec empressement.

Berluchon.

PAUL, lui tournant le dos.

Berluchon, mon ami,
Ma foi, vous n'êtes pas un gredin à demi !

A lui-même.

Ces coquins me rendront un jour atrabilaire.

DE SOMBREUIL, s'approchant.

Vous nous avez mené rondement cette affaire ?

PAUL, d'un ton bref.

Rondement !

DE SOMBREUIL.

La façon ?

PAUL.

Était bonne !....

DE SOMBREUIL, l'examinant.

Ma foi !
Cette honnête façon ne vaudrait rien pour moi !

PAUL.

Puisqu'il faut l'avouer, pour sa honte et ma perte,
D'un type assez nouveau j'ai fait la découverte.
C'est fort intéressant que notre genre *homo* !
Je viens d'y rencontrer un fameux numéro !

DE SOMBREUIL.

Bah !

PAUL.

C'est à n'y pas croire. O honte de l'espèce !
C'est un échantillon fait à l'emporte-pièce,
Découpé dans le vif et de cuir habillé,
Que dans la peau d'un sot le diable aura taillé !
Noble, bourgeois, manant, tout le monde trafique !
Je viens de rencontrer.... le sellier politique.

Vous riez ! moi, j'ai dû me tenir à deux mains ,
Pour ne pas lui loger ma botte entre les reins !

DE SOMBREUIL.

Il n'aurait plus manqué....

PAUL.

C'est ainsi que je traite
Tous ces gueux frelatés des pieds jusqu'à la tête.
Morbleu ! c'en est assez : je ne veux pas , Sombreuil,
D'un seul de ces marauds subir ici l'accueil !

DE SOMBREUIL.

Mais la réunion ?

PAUL.

Que le ciel me pardonne !
Vous avez , cher ami , l'aplomb d'une matrone.
Ce n'est donc pas assez d'avoir d'un ton baveux
Entendu déclamer trois petits malheureux ?
Il faudra que j'assiste encore à cette honte,
D'ouïr tous ces gredins s'exclamer sur leur compte ;
Pour leur panégyrique aborder tous les tons,
Et faire à qui mieux mieux de vrais sauts de moutons !
Partons !

DE SOMBREUIL.

Mais ...

PAUL.

Pas de mais !

DE SOMBREUIL..

Raymond !

PAUL.

C'est inutile !
Je ne veux pas grossir cette foule imbécile.

DE SOMBREUIL.

Mais , mon cher !

PAUL , l'entraînant.

Je suis las , mais horriblement las
De voir combien a crû la race des Judas !

SCÈNE VI.

M. TREMBLEMANS , monté sur un siége. On fait le cercle. M. DE
LA BÉOTIE , M. le marquis DE FOIRAC , ZÉPHYRIN , une foule
nombreuse.

DE LA BÉOTIE , montrant M. Tremblemans.

Qu'en dites-vous, marquis? .. Un bon petit scandale !

LE MARQUIS.

J'y songeais ! Vous avez un fameux encéphale.

DE LA BÉOTIE.

Deux heures seulement dans le poste voisin.

LE MARQUIS.

Une heure,.. et je le tiens pour perdu. Zéphyrin !

ZÉPHYRIN.

Monsieur !

LE MARQUIS.

Prends cet écrit et cours, en diligence ,
Le porter rue Havin, près de l'hôtel de France !

TREMBLEMANS , gesticulant.

Citoyens ! l'urne est prête et vous allez voter !
A ce moment suprême il faut vous concerter ;
J'ai dû pour cet objet précéder la séance ,
Tant je suis convaincu de votre insuffisance.
Je me sens pour vous tous une immense pitié !
Nous sommes des crétins,... j'en suis fort ennuyé !

Si vous votez pour moi (j'en ai quelque espérance),
Je pourrai croire alors à votre intelligence.
Électeurs ! en votant pour moi que faites-vous ?
Vous rendez les honneurs accessibles à tous !
Vous réorganisez la grande race humaine,
Et des peuples unis élargissez la chaîne !
Depuis le Gévaudan jusqu'au mont Ararat,
Je veux tout réformer avec votre mandat.
Tout ce monde à ma voix va tomber en poussière :
Je dispense à mon gré la vie et la lumière ;
Je fais du genre humain un vaste polypier
La femme ne croit plus aux feuilles de figuier ;
Ce petit opercule, inventé par la fable,
A produit dans nos mœurs un désordre effroyable !
L'homme, vaincu, dompté par un traître inconnu,
Voit de sa royauté le titre méconnu !
Créé pour commander, fasciné par un voile,
Il demeure hébété sur un tissu de toile !
De là la convoitise et les désirs malsains,
Et de là Babylone et ses tripots mondains !
De là l'ambition, l'orgueil et l'adultère,
De là tous les fléaux qui désolent la terre !
Je n'en finirais pas, si j'osais publier
Tous les monstres sortis des feuilles du figuier !
A ces débordements je veux mettre une digue ;
Exterminons Chimène et supprimons Rodrigue !
Dans les îles Sandwich reléguons les amours !
La femme n'a qu'un but : peupler, peupler toujours !
Que le père inconnu n'ait ni femme ni fille !
On veut des citoyens.... Supprimez la famille !
Que la femme parquée en un vaste harem
Accepte pour époux tous les enfants de Sem !
Tous les produits issus de la Babel immense
N'auront qu'une patrie, une mère : la France !
Pour tout potage, un plat, le célèbre brouet

Que les progrès du jour pourront rendre parfait !
C'est l'unique moyen de créer l'homme libre
Et de mettre à jamais le monde en équilibre !
Je réformerai tout ; j'en atteste le Ciel !
Nous marchons sur deux pieds : ce n'est pas naturel !
Et notre grand Jean-Jacque, en compulsant les dates,
Plaçait Melchissédech sur quatre énormes pattes !
Je suis de son avis pour le plan vertical !
C'est une invention qui peut tourner à mal,
Et si vous m'envoyez, citoyens, à la Chambre,
J'en toucherai deux mots, pas plus tard qu'en décembre.

> Une escouade de gardes nationaux est arrivée sur la scène
> au milieu du discours.

LE SERGENT, se détachant du groupe, à M Tremblemans.

Citoyen ! suivez-moi !

TREMBLEMANS

Moi ! vous suivre ?

LE SERGENT.

A l'instant !

TREMBLEMANS

Mais, ventrebleu !

LE SERGENT.

Monsieur ! ! !

TREMBLEMANS

Je trouve outrecuidant.

LE SERGENT.

Laissons là, s'il vous plaît, votre vocabulaire !
Du reste, on m'avait dit que contre la grammaire
Vous teniez des propos...

TREMBLEMANS, furieux.

Monsieur !

LE SERGENT.

Compromettants !

TREMBLEMANS.

Mais vous vous arrogez des droits exorbitants !
Je ne vous suivrai pas !

LE SERGENT, d'un ton martial.

Vraiment, je vous admire !
De ce petit refus il vous faudra dédire :
Quatre hommes !... avancez !...

TREMBLEMANS.

Arrêtez !... Citoyens !...
C'est une trahison !

LE SERGENT, s'avançant sur lui.

Allons ! les grands moyens !
Morbleu ! c'est au collet qu'il faut qu'on l'appréhende !

TREMBLEMANS, se reculant.

Avant de m'approcher, de grâce, une demande !
Êtes-vous vacciné ?

LE SERGENT.

Vous m'insultez !

TREMBLEMANS.

Parbleu !
Si vous ne l'êtes pas, éloignez-vous un peu !

LE SERGENT.

Empoignez-le !

TREMBLEMANS, se débattant.

Morbleu ! parce que votre père...

LE SERGENT, à ses hommes.

Allons !

TREMBLEMANS.

Doutait de la vaccine....

LE SERGENT.

Cré tonnerre ! ! !

TREMBLEMANS.

Ce n'est pas un motif....

LE SERGENT, le poussant.

Vertubleu !

TREMBLEMANS.

Suffisant
Pour molester un homme aussi peu malfaisant,
Un être inoffensif...

LE SERGENT.

C'est bon ! A vous entendre
Ce serait bientôt moi qu'il faudrait aller pendre !
Vous avez dit des mots ... qu'il vous plaît d'oublier !

TREMBLEMANS.

Des mots !...

LE SERGENT.

Mais, sacrebleu ! la feuille de figuier !

TREMBLEMANS, se défendant.

C'est...

LE SERGENT.

C'est séditieux !... et le fameux laïque
A quatre pattes !

TREMBLEMANS.

Mais !

LE SERGENT.

Allons ! c'est anarchique ! ! !

A ses hommes.
Par le fil à droite ! arche !

Réunion électorale. — Les portes s'ouvrent à deux battants.
— M. de Foirac à la tribune, l'air profondément ému.

LE MARQUIS.

      Ah ! quel triste scandale !
Electeurs ! je vous vois tous émus dans la salle ;
Un homme irréprochable, honnête, vertueux,
Cité pour son mérite et pur à tous les yeux,
Bon époux s'il en fut, citoyen pacifique,
Appréhendé, saisi par la garde civique !
Pardonnez, électeurs, à ces accents troublés
Ce disparate amas de mots échevelés !...
Quel délit ! ou plutôt, ne cachons rien, quel crime
L'a pu précipiter au fond de cet abîme ?...
Est-ce un vol, est-ce un faux, ou quelqu'autre attentat ?
Peut-être a-t-il trempé dans quelque assassinat ?
Des crimes en un jour arriver jusqu'au faîte !...
Electeurs ! mes cheveux se dressent sur ma tête.
Mais non, c'est impossible ! ou plutôt, s'il l'a fait,
Un accès de démence excuse son forfait.
A ce considérant ma raison se rallie ;
S'il n'est pas criminel, il est fou ; qu'on le lie !..
Mais c'est assez parler d'un malheureux rival
Qui, si plein d'avenir, vient de tourner si mal.
C'est un homme perdu désormais pour vos votes.
Vous n'avez plus le choix qu'entre deux patriotes :
Monsieur Paul de Raymond,.. mais il n'est pas ici.
Son absence, Messieurs, doit vous surprendre aussi.
Quand on est candidat on se doit à la foule !
De son autorité l'autorité découle...
On ne doit pas pour elle affecter un mépris
Qui pour être au grand jour n'en a pas plus de prix !
Je déplore avec vous l'absence malheureuse
Qui me force à douter d'une âme généreuse,

D'un esprit élevé, mais qui, d'après ce fait,
N'atteint pas aussi haut, Messieurs, qu'on le croyait !
J'aurais voulu lutter avec lui d'éloquence !
Mais il s'est abstenu... Serait-ce par prudence ?
Le sentiment modeste où je reste toujours
M'oblige à ne pas croire à semblables détours...

     TREMBLEMANS, accourant comme un furieux.

Ah ! coquins ! scélérats !.. enfin me voilà libre !
Ces soldats citoyens sont d'un fameux calibre !
La feuille de figuier,.. la grammaire...

     LE MARQUIS, à la foule.

         Grands Dieux !

Il est fou !

     TREMBLEMANS, montrant les poings.

    La vaccine !... Ah ! c'est séditieux !

     LE MARQUIS, secouant la tête.

Il faudra l'enfermer !

     TREMBLEMANS, plus furieux.

        Ah ! oui !... C'est anarchique !...
Deux heures dans le poste à propos d'un laïque !...

     LE MARQUIS, d'un ton sérieux.

Il en tient pour la vie !

     TREMBLEMANS, qu'on cherche à arrêter.

     Ah ! laissez-moi parler !

     LE MARQUIS.

Si vous lâchez ses bras, il va vous étrangler !
Il est fou furieux...

     TREMBLEMANS, à ceux qui le retiennent.

     Gredins ! je vous massacre !

LE MARQUIS.

Que vous disais—je? allez vite quérir un fiacre !
Qu'on l'emporte chez lui.

TREMBLEMANS, se débattant.

Vous êtes des bandits ,
Des filous , des voleurs !

LE MARQUIS , tranquillement.

N'en soyez pas surpris !
L'accès évidemment atteint son paroxysme.

TREMBLEMANS , lui envoyant un coup de pied.

Attrape , en attendant , ce petit solécisme.

Bruit et tumulte indescriptibles.

LE PRÉSIDENT.

La séance est levée.

ACTE TROISIÈME

SCÈNE PREMIÈRE.

Mlle. SOLANGE DE LA BÉOTIE. — Paul DE RAYMOND.

PAUL.

Enfin je vous revois !
Ce n'était pas ainsi , douce enfant , autrefois !
Reçu comme un ami dans la même demeure ,
Mes pas , pleins d'abandon , ne choisissaient pas l'heure !
Maintenant j'amortis mes pieds sur le gazon :
Comme un voleur de nuit j'entre dans la maison !
J'emprunte à tous les coins leur utile mystère ,
Pour suivre tous les pas de monsieur votre père ,
Et, quand il est parti, je me glisse avec art
Sous vos lambris dorés , comme un pauvre lézard.

SOLANGE.

En revanche, aujourd'hui , vous n'avez rien à craindre !
Vous attendez mon père ici sans vous contraindre :
C'est la salle où l'on va dépouiller le scrutin...

PAUL.

Où va se décider, Solange , mon destin ;
Où vont parler l'esprit ou la sottise humaine ;
La franchise et l'honneur , les tréteaux ou la haine !

SOLANGE.

Paul , vous triompherez...

PAUL.

Moi ! je me sens perdu !
Il est vrai ! ce n'est pas un coup inattendu ;

Le monde où nous vivons, déchu de mon estime
Ne pouvait à ce point se montrer magnanime !
Il aime les détours et moi la loyauté !
L'hypocrite me hait comme la vérité.
Je fuis les intrigants... j'abhorre les habiles...
Certes à me le rendre ils sont peu difficiles.
Ils ont tous sous mes pas creusé des souterrains ;
Chaque mot qui m'échappe est une arme à deux fins.
Si je sors en public, on exploite ma mine...
Si je reste chez moi, c'est là qu'on m'assassine !
De mes nombreux amis un seul a résisté,
Et s'il m'abandonnait...

SOLANGE.

Ce cœur vous fût resté !

PAUL.

Redites-moi souvent cette noble párole
Qui me rend à la vie alors que l'on m'immole !
L'amitié m'a déçu ; le monde me trahit !
Mais vous tendez vos bras, vous , Solange , au proscrit !
Et pour le consoler des trahisons humaines
Vous lui donnez, enfant, la chaleur de vos veines !

SOLANGE.

Si le méchant vous hait, en êtes-vous moins beau ?
Ami ! nous serons deux pour porter le fardeau.
Si d'injustes dédains le monde vous accable ,
De vous le remplacer ne suis—je pas capable ?

PAUL.

Mais votre père !

SOLANGE.

Allons ! gardons-nous d'attrister
Le peu d'instants heureux qu'il nous faut tant compter

Vous avez ma parole et quelquefois je pense
Que mon père après tout n'est pas la Providence !
A propos, vous savez !... notre petit marquis
Se montre de ma sœur éperdûment épris.
Hier au soir de sa main il a fait la demande !

PAUL.

Et votre père accepte une pareille offrande.

SOLANGE (s'éloignant).

La politique ! ! !

SCÈNE II.

PAUL, seul.

Allons ! le destin va parler !
Dans une heure il me faut vaincre ou capituler :
Pour des dieux nouveau-nés je vois l'encens qui fume !
Urne ! viens prononcer avec tes flots d'écume !
Les bulletins menteurs entassés dans tes flancs
Vont faire comme un roi trôner le guet-apens.
Charlatans effrontés, bateleurs émérites !
Allez, vous n'avez point d'inutiles mérites ;
Arlequins disloqués ! la palme vous attend.
C'est trop juste après tout quand on travaille autant.

SCÈNE III.

M. DE SOMBREUIL (l'air agité). — M. Paul DE RAYMOND.

PAUL.

Qu'avez-vous, cher Sombreuil ?

DE SOMBREUIL.

J'étouffe de colère...

PAUL.

Mais encore...

DE SOMBREUIL.

Ah ! Raymond ! l'imbécile vulgaire !

PAUL.

Vous voilà converti !

DE SOMBREUIL.

L'univers est hideux !

PAUL.

Mais je croyais pourtant...

DE SOMBREUIL.

          Non, ce monde est affreux !
Des acteurs éhontés, une assistance immonde ;
Voilà le résumé de la machine ronde.

PAUL.

Qu'avez-vous ?

DE SOMBREUIL.

        Ce que j'ai ! Raymond, c'est effrayant !
L'humanité me donne un accès foudroyant !
Quand vous avez reçu ce coup-là sur la tête,
Vous pouvez vous flatter d'une fameuse emplète.

PAUL.

Mais enfin !

DE SOMBREUIL.

       M'y voici : non loin de Carlucet
Est un petit village élégant et coquet...
On n'avait jusqu'alors vu dans ces lieux paisibles
Ni d'épais citadins, ni d'animaux nuisibles.
Ma maison attachée aux flancs d'un grand coteau
Vous y reçut souvent avec maître Taïau,
Quand l'automne arrivant avec son cor de chasse
Nous faisait, en causant, manquer lièvre et bécasse

PAUL.

Je m'en souviens...

DE SOMBREUIL.

Parbleu! j'étais dans ce pays
Reçu comme un abbé doit l'être en paradis.
Aussitôt arrivé, le villageois honnête
Défonçait le cellier et se mettait en fête.
Dindons, poules, canards pleuvant à la maison,
Offraient à mon palais un charmant horizon.
J'y recevais le maire et son ventre convexe ;
C'était charmant d'humour et d'entrain... le beau sexe

PAUL.

Passons...

DE SOMBREUIL.

Venait, le soir, sans vergogne, au jardin
Traîner dans un grand rond son pas leste et taquin :
C'était frais, c'était pur... j'aimais cette innocence.

PAUL.

Scélérat !

DE SOMBREUIL.

J'éprouvais comme une joie immense ,
Et j'étais plus content qu'un magistrat heureux
Qui, volant un plaideur, en trouve à plumer deux !

PAUL.

Laissons les magistrats, je n'admets pas qu'on morde
Des gens inoffensifs, loyaux...

DE SOMBREUIL.

Miséricorde !

PAUL.

Il faut en excepter....

DE SOMBREUIL.

Un sur mille

PAUL.

Passons !

DE SOMBREUIL.

Je reprends : On m'aimait pour toutes ces façons...
Et je faisais tourner cette amitié rustique
A vous dresser , ingrat ! un trépied politique.

PAUL.

Bah !

DE SOMBREUIL.

C'est ainsi... partout on m'assurait les voix ;
Vous étiez plus prisé qu'un mouton champenois.

PAUL.

Incroyable ! !

DE SOMBREUIL.

Un instant ! voici la catastrophe !
Je n'ose pas !

PAUL , souriant.

Allez ! je deviens philosophe.

DE SOMBREUIL.

Je descends de wagon à trois heures du soir ,
Et me rends doucement à mon petit manoir.
O prodige ! à cent pas j'aperçois dans la rue ,
Tordant sa longue queue , une immense cohue ;
Je ne saurais nombrer tout ce que mon cerveau
Créa pour expliquer ce spectacle nouveau !

PAUL , riant.

C'était quelque incendie allumé dans Pergame !

DE SOMBREUIL.

Mieux que cela !

PAUL.

Pour lors c'est quelque hippopotame
En rupture de ban !

DE SOMBREUIL.

C'étaient deux veaux sacrés
Qui portaient fièrement leurs pas considérés :
L'un était revêtu d'une pourpre éclatante
Et tenait droit et haut sa corne impertinente ;
L'autre, nageant dans l'or, c'était l'officiel,
Poussait des beuglements qui montaient jusqu'au ciel !
Morne, je contemplais ces deux objets étranges
Qui regardaient la foule avec des yeux d'archanges,
Et qui, prêts à placer le col sous le couteau,
D'un œil tranquille et doux caressaient leur bourreau.

PAUL, souriant.

Je m'attendris, assez !

DE SOMBREUIL.

A ce moment-là même
La foule grossissant hurlait comme un blasphème,
Et de ses flots pressés poussait jusqu'à l'étal
Le pauvre officiel avec le radical.

PAUL.

La catastrophe !

DE SOMBREUIL.

Ah ! Paul, de l'instrument du crime
J'ai vu deux fois l'éclat tomber sur la victime,
Et chaque fois le fer enfoncé dans leur sein
Faisait gronder le peuple en aiguisant sa faim,
Il aurait fallu voir hurler ces cannibales
Qui, pour les dévorer, faisaient trembler les dalles,

Et qui , portant au ciel Foirac et Tremblemans ,
Prenaient pour les hisser la voix des ouragans.
Ils étaient tous les deux les héros de la fête :
Ils régalaient pour rien la meute toujours prête
Et l'on voyait gratis s'échapper de l'étal
L'aloyau du pouvoir , le cimier radical !
Mais quant à votre gloire , elle était éclipsée...
Insensé ! je l'avais un peu trop haut placée ;
Et j'avais oublié de mettre dans mon sac
Que le chemin du cœur est souvent l'estomac.

PAUL.

Vous êtes effrayant , mon cher , d'idéalisme.

DE SOMBREUIL.

J'ai trouvé sur ma route un bien beau syllogisme !
Et l'accueil que m'ont fait mes charmants villageois ,
A , pour l'imaginer , pesé d'un fameux poids.
Si l'un d'eux m'aperçoit , il détourne la tête !
Un autre , à mon aspect , prend un air gauche et bête.
Un troisième , planté sur ses jarrets noueux ,
Met , pour les allonger , un soin prodigieux.
Enfin, je n'ai jamais vu pareille déroute.
Un seul osa pourtant m'aborder sur la route ,
Et , menaçant mon chef de ses deux poings fermés,
Prononça trois jurons assez bien exprimés.
Tout cela pour deux veaux , ô l'humaine nature !
Que deux vils arlequins leur jettent en pâture.

PAUL.

C'est ainsi ! !

SCÈNE IV.

M. DE LA BÉOTIE. — M. le Marquis DE FOIRAC. — M. TREMBLE-
MANS. — M. Paul DE RAYMOND. — M. DE SOMBREUIL. —
M. Oscar CACATOIS. — M. Jérôme PALANKIN. — ZÉPHYRIN.
— FILOSEILLE.

DE LA BÉOTIE, entrant.

Seyez-vous, messieurs les candidats,
Nous allons vous donner ces fameux résultats.

A Paul.

Je comprends, cher monsieur, toute l'impatience...

PAUL.

De grâce ! épargnez-nous tant de condoléance !

TREMBLEMANS à M. Cacatois montrant le préfet.

Malgré tous ses grands airs il est fort compromis ;
Qu'en dites-vous, Oscar ?

CACATOIS.

Je suis de votre avis.
J'ai de tant de façons retourné ma commune,
Qu'il n'est bruit que de vous du Hâvre à Pampelune

TREMBLEMANS, lui serrant la main.

Je n'oublirai jamais...

DE LA BÉOTIE.

Messieurs, sans plus tarder,
A ce dépouillement nous allons procéder.

ZÉPHYRIN, derrière une porte.

Les chevaux sont lancés,.. tiens-toi droit, Filoseille !

FILOSEILLE, caché derrière une seconde porte.

Tu verras ce que vaut une course pareille !

ZÉPHYRIN.

A la baisse !

FILOSEILLE.

A la hausse, et j'ajoute dix louis ,
Rien qu'à voir l'air béat de ton petit marquis.

ZÉPHYRIN.

Je les tiens.

DE LA BÉOTIE , rompant un cachet.

Nous allons commencer par la ville !
Monsieur Paul de Raymond,.. c'est bien cela... deux mille.
Vous , Marquis, quatre cents...

TREMBLEMANS, se frottant les mains.

J'en ai trois mille au moins.

DE LA BÉOTIE.

Monsieur Tremblemans,.. une.

TREMBLEMANS.

Ah ! race de pingouins !

FILOSEILLE , furieux.

Je suis un homme mort , si cela continue !
Deux mille voix, mon maître ! Ouf !

Zéphyrin rit.

L'autre qui me hue.

Vingt louis de plus , coquin !

ZÉPHYRIN.

Mais trente , si tu veux;
C'est vraiment , Filoseille, un contre-temps fâcheux.

TREMBLEMANS , à Cacatois.

Qu'on ne me parle plus de ces faquins de ville !
C'est très-décidément une race imbécile !

CACATOIS.

Inepte ! !

DE LA BÉOTIE.

Maintenant divisons en trois parts
Les votes réunis de nos bons campagnards.
A Palankin.
Trois cantons et le vôtre, en formant la première,
Pour votre dévoûment vont vous mettre en lumière.

PALANKIN.

Vous me rendez confus...

LE MARQUIS.

Mon cher municipal,
Aurez-vous bien assez du conseil général ?

PALANKIN.

Nous verrons !...

DE LA BÉOTIE.

Trois cantons fondus dans la seconde
Comme chiffre feront la somme un peu moins ronde.
A Cacatois.
Mais la troisième part, avec votre canton,
Rachètera le tout par un nombre plus rond

CACATOIS

C'est convenu.

DE LA BÉOTIE.

Primo
A Palankin.
C'est par vous qu'on commence ;
Nous aurons, j'en suis sûr, un résultat...

PALANKIN, avec empressement.

Immense ! ! !

Vous verrez.

DE LA BÉOTIE, à De Foirac.

Vous avez, Marquis, quinze cents voix.

PALANKIN, à De Foirac.

Une majorité ! ! !

DE LA BÉOTIE.

Monsieur Tremblemans,.. trois.

TREMBLEMANS.

Ah ! rustres renforcés , que le ciel vous confonde !
Trois voix !... c'est à douter de notre mappemonde !

DE LA BÉOTIE, continuant.

Monsieur Paul de Raymond,.. deux mille quatre cents.

PALANKIN.

Ouf ! peut—on de la sorte assassiner les gens ?
Moi qui croyais...

LE MARQUIS , d'un ton sec.

Parbleu ! c'est une drôlerie
Qui vous peut , comme à moi , causer quelque avarie !

PALANKIN , d'un ton suppliant.

Marquis !

LE MARQUIS.

Que voulez—vous , le conseil général
Dans votre chère peau se fût trouvé fort mal.

PALANKIN , avec désespoir.

Mais je suis innocent !

LE MARQUIS, s'éloignant.

La meilleure innocence
Est d'atteindre le but avec intelligence.

PALANKIN, avec accablement.

Ah ! j'en ai pour la vie !

FILOSKILLE , qui l'a entendu.

Et moi pour plus long—temps.
Encore, si mon maître , aux deux scrutins suivants,

N'attrape pas un bon écrasement...

DE SOMBREUIL, à de Raymond.

> Le monde
> N'est pas aussi vaseux que le disait la sonde ;
> Il se réhabilite...

PAUL.

> Attendez donc un peu !
> Nous n'avons jusqu'ici que la moitié du jeu.

DE LA BÉOTIE.

Le tour des trois cantons...

D'un air satisfait...

> Ils couvriront la ville.

A de Foirac.

Pour votre part, Marquis, vous en avez trois mille.

FILOSEILLE.

A la bonne heure !

DE LA BÉOTIE, à Tremblemans.

> Vous, cher monsieur, trente-six.

TREMBLEMANS, satisfait.

Enfin ! ! !

DE LA BÉOTIE.

Monsieur Raymond, trois cent quatre-vingt-dix.

FILOSEILLE.

Je respire !

ZÉPHYRIN.

> Parbleu ! mais grâce au schah de Perse,
> Coquin, je te prépare une jolie averse !

DE LA BÉOTIE.

Messieurs les candidats, c'est la dernière part...
Qui va vous dispenser ou le sceptre ou la hart.

7

A Cacatois.

Trois cantons et le vôtre, en forçant la balance,
Vont nous édifier sur leur intelligence.

TREMBLEMANS, à Cacatois.

Je le crois parbleu bien ! c'est moi qu'ils vont nommer.

CACATOIS.

J'ai dû fameusement pour cela m'escrimer !

TREMBLEMANS.

Aussi, cher Cacatois, que de reconnaissance !

CACATOIS.

Je n'ai rien ménagé !

TREMBLEMANS, avec tendresse.

Oscar ! ma providence !

CACATOIS.

S'il me fallait compter tous les pas que j'ai faits !

TREMBLEMANS.

Vraiment, vous m'accablez avec tous vos bienfaits !

DE LA BÉOTIE, lisant.

Monsieur Tremblemans...

CACATOIS.

Ah !

TREMBLEMANS, se frottant les mains.

Parbleu ! je les supplante.

CACATOIS.

Quelle majorité !..

TREMBLEMANS.

Vous croyez ?

CACATOIS.

Ecrasante !..

DE LA BÉOTIE , lisant.

Monsieur Tremblemans, dis—je...

> Tremblemans va lire avec le préfet.

Attendez donc,.. zéro.

TREMBLEMANS, faisant un bon prodigieux.

Ma foi ! j'ai pour le coup un fameux numéro ! !

Saisissant Cacatois au collet.

Ah ! traître...

CACATOIS.

Lâchez—moi

TREMBLEMANS , le secouant.

Vous et votre commune
Je veux vous envoyer sauter jusqu'à la lune !
Vous êtes deux gredins !

DE LA BÉOTIE.

Silence !

TREMBLEMANS.

Deux coquins
A qui je veux casser ma botte entre les reins !

DE LA BÉOTIE.

Mais , Monsieur Tremblemans.

TREMBLEMANS.

Je me tais... Ah ! canailles.
Je veux avant long—temps vous polir les écailles.

DE LA BÉOTIE.

Silence !

TREMBLEMANS , lâchant Cacatois avec un coup de pied dans les reins.

Tiens , va—t—en avec l'*alleluia !*
Cet accompagnement , coquin , te servira.

FILOSEILLE , avec stupeur.

Oh ! la société ! ! !

DE LA BÉOTIE.

Messieurs , je continue :

A De Foirac.

Marquis,.. cinq mille voix.

DE SOMBREUIL , à Paul.

C'est le veau qui vous tue

DE LA BÉOTIE.

Monsieur Paul de Raymond , vous en avez trois cents.

PAUL.

C'est ainsi que finit le petit guet-apens.

TREMBLEMANS, à De Foirac.

Dans cinq ans , cher Marquis, je prendrai ma revanche

LE MARQUIS.

Vous avez pour cela , croyez-le , carte blanche.

TREMBLEMANS.

Mais nous avons d'abord quelque compte à régler !

LE MARQUIS.

Plaît-il ?

TREMBLEMANS.

Quelle innocence ! à l'entendre parler.
C'est donc impunément que l'on me fourre au poste
Et qu'on fait de ma peau le touchant holocauste
Qui vous a fait nommer...

LE MARQUIS.

Vous êtes vexé ? bon ! !

TREMBLEMANS, furieux.

Je vous ferai casser.

LE MARQUIS.

Vrai ! mon petit barbon !

Pour mieux y réussir ne perdez pas une heure ;
Tâchez surtout d'avoir une chance meilleure.

TREMBLEMANS.

Ne craignez rien ; je vais, dans tous les grands journaux,
Vous tailler à la plume un petit Roncevaux.
Au revoir, cher Marquis !

LE MARQUIS, à Tremblemans qui se retire.

Monsieur, je vous salue !
Surtout n'oubliez pas votre coup de massue !

FILOSEILLE.

Te rends-tu ? Zéphyrin.

ZÉPHYRIN.

Un instant le journal
Pourra du bon côté tourner le capital ;
Car la bourse, mon cher, c'est la grande infidèle
Qui de moins sots que toi fait sauter la cervelle.
Viens !

Ils s'éloignent.

CACATOIS, à De Foirac.

Comment trouvez-vous que je vous l'ai mené ?

LE MARQUIS.

Mais vous l'avez, ma foi ! très-bien assassiné.

CACATOIS.

Croyez-vous que ce gueux m'offrait un ministère ?

LE MARQUIS.

Allons donc !

CACATOIS.

Mais sans vous j'eusse accepté l'affaire.
Allez ! vous m'avez bien quelque obligation !

LE MARQUIS.

Je sais que je vous dois...

CACATOIS.

Votre promotion ! !

LE MARQUIS.

Je vous reconnaîtrai...

CACATOIS.

Ma foi ! . c'est difficile.
Pour vous faire arriver je me suis mis en mille.
J'ai cabalé , crié , vociféré , hurlé !
Tenez ! j'en suis encor tout désarticulé !
Ce pauvre Tremblemans, comme un polichinelle ,
S'est vu dans tous les coins traîné par ma ficelle.
Bref ! je me suis tué !.. j'ai fait pour vous servir
Plus de contorsions et de sauts qu'un fakir.

LE MARQUIS.

Comment pourrai-je ?...

CACATOIS , hochant la tête.

Dam ! cela vaut quelque chose !

LE MARQUIS.

Cependant mesurons...

CACATOIS , se redressant.

Les effets à la cause.

LE MARQUIS.

Je vous écoute... allez !

CACATOIS.

D'abord le conseil général

LE MARQUIS.

C'est dit !

CACATOIS , montrant sa boutonnière.

Un ruban là ne ferait pas trop mal !

Qu'en dites-vous, Marquis?

LE MARQUIS.

Mais ce n'est pas trop bête!

CACATOIS.

Un ruban toutefois qui ferait la rosette!

LE MARQUIS.

Peste! officier!

CACATOIS.

A moins que, à parler sans détour,
Vous ne préférassiez qu'il me fit tout le tour.

LE MARQUIS.

Sacrebleu! commandeur!

PALANKIN.

Et moi! j'aurais pu l'être!
S'il est nommé, ma foi! je finis par Bicêtre.
Un Cacatois!

DE LA BROTIE, à Cacatois, en faisant mine de s'éloigner.

C'est tout?

CACATOIS.

Vous êtes bien pressés!
Je vous fais.... c'est le mot, et vous vous effacez?
C'est commode!

LE MARQUIS.

Voyons! que vous faut-il encore?

CACATOIS.

J'ai deux cents actions sur le schiste incolore
Qui sont en baisse...

LE MARQUIS.

Après?

CACATOIS.

Faites-les-moi monter.

LE MARQUIS, d'un ton surpris.

Comment cela ?

CACATOIS.

Parbleu ! tâchez d'agioter :
Une fausse nouvelle et...

Ils font mine de s'éloigner.

Mais daignez m'entendre.
Corbleu ! pour vous servir je me serais fait pendre !

Les poursuivant.

J'ai dans l'armée un fils...

DE LA BÉOTIE, s'éloignant.

Il sera général.

CACATOIS, les poursuivant.

Un autre dans l'Église...

LE MARQUIS, s'esquivant.

Il sera cardinal...

DE LA BÉOTIE, au Marquis.

Sauvons-nous !

CACATOIS, sortant avec eux.

Un troisième aux finances...

LE MARQUIS, disparaissant avec le préfet, suivi de Cacatois.

Tonnerre !

PALANKIN, les suivant de loin.

Comment le trouvez-vous ce petit mercenaire ?

Ils sortent.

SCÈNE V.

Mlle. SOLANGE DE LA BÉOTIE, Mlle. ESTHER DE LA BÉOTIE,
M. DE RAYMOND, M. DE SOMBREUIL.

SOLANGE, à sa sœur.

Vous avez triomphé par une trahison
Et par un fait honteux taché notre blason !

ESTHER.

Enfant !
    A Paul.
       Beau chevalier, nous rendez-vous les armes ?

PAUL.

Mais on est trop heureux de céder à vos charmes.

ESTHER.

Vous voilà revenu de vos moulins à vent.

PAUL.

Mes respects, je vous prie, à votre ruminant !

ESTHER.

Chérissez-vous toujours ce bon Caton d'Utique ?

SOLANGE.

Ce que nous chérissons, c'est l'honneur politique.

DE SOMBREUIL.

Comme des paladins nous avons combattu,
Et nous sommes rossés avec notre vertu.

ESTHER.

Mais en revanche aussi vous tombez avec gloire !

SOLANGE, avec vivacité.

Cela vaut un peu mieux que sauter sur la foire.

ESTHER.

Le succès a toujours compté quelques jaloux.

DE SOMBREUIL.

On le serait à moins, à voir de si beaux coups ;
Et , ma foi ! la façon est assez délicate
Pour nous faire espérer un futur diplomate.

PAUL.

Allons ! n'attaquez pas cet excellent marquis !
Il a fort bien tenu ce qu'il avait promis.

ESTHER.

Ma foi ! sous ce rapport, vous n'avez rien à dire :
Ce n'est pas vous, je crois, qu'on s'est chargé d'élire !

PAUL.

L'épigramme vous sied, et certe il est charmant
De mordre son prochain avec raffinement.
Mais pour votre futur ce don-là me désole ;
Le marquis pâtira de ce doux monopole ,
Et le ciel l'a pourvu de tels tempéraments
Que vous aurez matière à placer vos talents !

ESTHER.

De ce placement-là je ne suis point en peine ;
Et vous m'offrez à point une excellente aubaine.
Mais j'ai bien autre chose à faire pour l'instant
Et d'un autre intérêt !.. la modiste m'attend.

Elle sort.

SCÈNE VI.

Mlle. SOLANGE DE LA BÉOTIE, M. Paul DE RAYMOND , M. DE SOMBREUIL.

SOLANGE.

Paul ! pourquoi détourner ce front rêveur et triste?
Et pourquoi nous cacher vos douleurs , égoïste?

Si vous doutez du monde, espérez en nous deux !
L'amour et l'amitié suffisent aux heureux.
Nous trouverons pour vous cette chaleur de l'âme
Qui fait sur le martyr courber un front de femme,
Et qui, d'un ami vrai sacrant la loyauté,
Vous ouvre un coin du ciel dont vous aviez douté !

PAUL.

A ce prix-là du monde on peut être transfuge ;
Solange ! vos deux yeux sont un charmant refuge
Et votre cœur, Sombreuil, est assez haut placé
Pour recevoir l'ami que le coche a versé !

DE SOMBREUIL.

Mais ce n'est pas cela ! Je vais en Australie...
Et, ne confondons pas.. c'est moi qui m'expatrie !

PAUL.

Allons ! mauvais plaisant !

DE SOMBREUIL.

Non ! non ! j'en ai trop vu.

PAUL.

Eh ! que dirai—je alors ?

DE SOMBREUIL.

C'est corrigé, revu !
Je vous serre la main et ce soir je m'embarque !

PAUL.

Mais...

DE SOMBREUIL, s'inclinant devant Solange.

Parbleu ! Laure est là pour consoler Pétrarque !
Tandis que moi...

PAUL.

Voyons !

DE SOMBREUIL.

Le beau sexe, mon cher,
A l'endroit de ce cœur se montre un peu trop fier.

PAUL.

Fat !

DE SOMBREUIL.

Je n'ai plus la foi.

SOLANGE.

Faites brûler un cierge !

DE SOMBREUIL.

Je vais décidément dans quelque forêt vierge !

PAUL.

Ah ! Sombreuil !

DE SOMBREUIL.

Je n'ai plus la moindre illusion !
Je crois à la vertu... par procuration.
L'honneur, la loyauté, le dévoûment, mensonge !
L'idéal aujourd'hui... c'est de faire l'éponge !
On s'enfle, on s'enrichit aux dépens du prochain,
Et l'on meurt respecté dans la peau d'un coquin.
Vous comprenez, Raymond, qu'à voir ces saturnales,
On n'ait plus franchement qu'à préparer ses malles !
J'y cours... attendez-moi... je reviens dans ces lieux
Dans une heure au plus tard vous faire mes adieux.

Il sort.

SOLANGE.

Séparons-nous !

PAUL.

Déjà !

SOLANGE.

J'entends mon père
Qui vous déteste autant que je vous considère.

Ils sortent

SCÈNE VII.

DE LA BÉOTIE , pâle et défait.

C'est trop fort , ciel et terre ! enfer et cætera !
A soixante ans bientôt m'appliquer ce moxa !
„M'enfoncer le fer rouge au milieu de ma gloire
Et guetter pour cela l'heure de la victoire !
Assassiné ! cassé ! deshonoré ! perdu ! !
Après m'être pendant quarante ans morfondu !
Tout cela par le fait d'un gueux de ministère
Qui , sorti du néant , retourne à la poussière !
Vains rêves ! sénateur , officier... grand cordon !
Grand croix! grand chambellan! grand maître! grand dindon !
Allez donc vous tuer quarante ans sur la planche
Pour empoigner un jour une telle avalanche !
Et Dieu sait si j'en ai remué quelque peu
De candidats vendus et de gens sans aveu !
Si j'ai sur tous les tons braillé la politique
Et dit de faussetés en style académique !
Flatté l'un , flatté l'autre , et selon le besoin
Mis le front dans la poudre ou bien montré le poing !
J'ai bien derrière moi laissé quelques épaves !
Des amis terrassés qui me portaient entraves !
Des bons et des méchants pêle-mêle étendus
Et qui , par pur hasard , n'ont pas été pendus !
Ah ! oui , j'en ai conduit d'assez belles intrigues !
Jeté l'or à la pelle et fait brigues sur brigues !
Payé , salarié , des services honteux
Et pour le Dieu du mal fait un essaim d'heureux !
Toutes les passions , ces grands enfants prodigues
Ont , dans mon coffre-fort , trouvé de fortes digues ;
J'ai , pour mieux arriver , servi tous les pouvoirs ,
Et placé des parfums dans tous les encensoirs ;
Flatté tous les tyrans , reconnu tous les maîtres

Et pris tous les degrés de tous les baromètres !
Ah ! c'était le bon temps ! Que de sauts périlleux !
Quel épiderme souple et toujours onctueux !
Que j'ai perdu d'habits et crevé de lévites
A courber jusqu'au sol mes saluts hypocrites !
Que de soins délicats pour tout astre levant !
Que d'heureux abandons pour tout soleil couchant !
Ah ! j'en ai vu plus d'un s'abaisser sur le pôle,
Mais pas un sans avoir reçu mon coup de gaule !
Cet accompagnement d'un excellent effet
Vous fait poindre aussitôt à l'horizon qui naît,
Et du nouveau—venu la morale élastique
Trouve, dans ce haut fait, un amour platonique.
Enfin, de ma cervelle épuisant les ressorts,
J'ai de tout sentiment exploité les dehors,
Fait une large cour aux gens considérables
Et poussé sur leurs morts des cris épouvantables ;
Volé de chaire en chaire et d'autel en autel,
Servi l'impur Baal et le Dieu d'Israël,
Traîné mon front poudreux dans trente basiliques,
Mêlé Satan et Dieu dans mes rêves bachiques,
Et tout cela pour rien ! écrasé comme un ver
Parce que cinq crétins sont tombés à la mer !
Et qu'un autre, arrivant avec ses créatures,
Veut procurer aux siens de douces sinécures !
Ventre de biche !

    On frappe.   Entrez !... encor quelque importun !

SCÈNE VII.

M. DE LA BÉOTIE, M. CASTAGNET.

UN VALET DE CHAMBRE, annonçant.

Monsieur Paul Castagnet !

CASTAGNET, s'inclinant.

      Natif de Châteaudun,

Lieu jadis peu connu, mais aujourd'hui célèbre
Par un savant traité que j'ai fait sur le zèbre !

DE LA BÉOTIE, d'un ton brusque.

Vous avez mal choisi...

CASTAGNET.

Ne m'interrompez pas !
Je viens de parcourir plus de deux cents états !
J'ai vu cent mille bourgs et presque autant de villes,
Traversé trois cents mers, tourné dix-huit cents îles,
Étudié la Chine avec l'Afganisthan,
En trois pas enjambé la Perse et Téhéran !

DE LA BÉOTIE, furieux.

Mais, Monsieur !

CASTAGNET

Sacrebleu ! ce n'est pas votre affaire,
Si, moi, Paul Castagnet, j'ai parcouru la terre !
Si j'ai jeûné vingt jours sur le sol africain,
Ce n'est pas pour vous seul que je suis mort de faim !
C'est pour tout l'univers !

DE LA BÉOTIE, d'un ton plus doux.

Voyons !

CASTAGNET.

Je continue !
J'étais tout près du Nil quand il a fait sa crue !
Ah ! quel joli coup-d'œil que tous ces Caïmans
Qui pour nous dévorer faisaient claquer leurs dents !

DE LA BÉOTIE, avec désespoir.

Dire qu'ils l'ont manqué !

CASTAGNET.

J'ai sur le crocodile
Fait une découverte aussi grande qu'utile !

J'ai sur la peau de l'un trouvé dans trois endroits
Une tache foncée et large de trois doigts !

DE LA BÉOTIE, les poings fermés.

Juste ciel !

CASTAGNET.

J'écrivis, jugez mon allégresse,
Tout un in–octavo sur la nouvelle espèce !
Et rien que par ce fait, pendant plus de trois ans,
Je fis prendre aux cheveux vingt comités savants !

DE LA BÉOTIE.

Allez au diable !

CASTAGNET, sans s'émouvoir.

Peste ! à vous dire la chose
Je n'aime pas beaucoup cette petite prose !
Je continue.

DE LA BÉOTIE, étouffant.

Ah ! Dieux !

CASTAGNET.

Dans le grand Océan
J'aperçus un îlot pointu comme un volcan ;
Je le cherchai dix jours, mais en vain sur la carte.

DE LA BÉOTIE.

Que la peste t'empoigne avec la fièvre quarte !

CASTAGNET.

Il fallait réparer cette incroyable oubli :
Un îlot frais et rose et d'un si beau poli !

DE LA BÉOTIE, marchant à grands pas.

Dans un moment pareil !

CASTAGNET.

Je pris la longitude
Et je fis sur le sol une très–haute étude.

Je ne vous dirai pas combien de fois je mis
Le sextant fatigué sur le nouveau-conquis !
Je crois que j'écrivis mon nom sur chaque pierre,
Et que j'en embrassai quatre cents fois la terre.
C'était mon bien à moi ; c'était tout mon orgueil !
De l'immortalité je lui devrai le seuil !
Désormais, l'un à l'autre unis par notre gloire,
De notre nom fameux nous remplirons l'histoire...

DE LA BÉOTIE.

Et vous l'avez nommé ?

CASTAGNET.

Castagnet ! ! !

DE LA BÉOTIE.

Ventrebleu !

CASTAGNET.

Mais c'est le plus beau nom de la terre de feu !

DE LA BÉOTIE.

Vous ne m'avez pas dit de combien il est large.

CASTAGNET

Si l'on veut m'accorder deux ou trois pieds de marge...
Vous ne le croirez pas :.. il a,.. c'est sur l'honneur,
Au moins cinq pieds de long sur quatre de largeur.

DE LA BÉOTIE, le prenant au collet.

C'est trop fort !... choisissez : la porte ou la fenêtre !

CASTAGNET, se débattant et montrant la fenêtre.

J'ai beaucoup voyagé,... cependant....

DE LA BÉOTIE, le lâchant.

Vilain reître !

CASTAGNET, réparant sa toilette.

Vous avez des façons de converser !

DE LA BÉOTIE.

C'est bien !

Tâchez de clore ici ce petit entretien.

CASTAGNET.

Vous n'êtes pas artiste ! et cela me désole ;
Vous étiez avec moi pourtant à bonne école

DE LA BÉOTIE.

Ah ! ça ! finirons-nous ?

CASTAGNET.

J'achève en peu de mots

Donc me voilà parti du plus beau des îlots !
Voilà que tout–à–coup je tombe en Amérique !

DE LA BÉOTIE, cherchant dans tous les coins.

Il faut décidément chercher un spécifique
Pour lui casser les reins...

CASTAGNET.

J'arrive à Mexico ;

Là j'y fais un travail sur les noix de coco.

DE LA BÉOTIE.

Il me tûra...

CASTAGNET.

Je suis connu comme chimiste ;

J'ai de deux cents éthers au moins trouvé la piste...
Je pars de Mexico : là, suivi d'un Anglais,
Je m'enfonce à travers d'innombrables forêts ;
Nous n'avons eu trois mois, Monsieur, je vous le jure,
Que des serpents boas pour toute nourriture.
Je m'ennuyais beaucoup ; pas le moindre accident !
Quand vint, pour me distraire, un petit incident...
Mon Anglais fut un jour mangé par les sauvages

DE LA BÉOTIE, furieux.

Mais c'est à révolter !

CASTAGNET, se méprenant.

Tout dépend des usages...

Et j'ai connu là-bas plus d'un homme bien né
Qui n'aurait pas fait fi d'un enfant mariné.

DE LA BÉOTIE.

Mais vous m'assassinez avec votre science ;
Je saurai, sacrebleu, vous forcer au silence.
Je vais sonner mes gens...

CASTAGNET.

Ne criez pas si fort !
Je sors de l'Amérique et vais au pôle Nord !

DE LA BÉOTIE.

Monsieur !

CASTAGNET, sans se troubler.

Attendez donc ! c'est un petit voyage
Pour lequel j'ai déjà frêté mon équipage.
Cette entreprise doit, par son haut intérêt,
Donner le dernier coup au nom de Castagnet.
Je veux, entendez-vous, pénétrer jusqu'au pôle,
Et dépasser Humboldt de toute mon épaule ;
A travers les glaçons trouver un continent
Qui termine le monde et son axe géant.
Voilà mon plus beau rêve, et malgré la banquise,
Castagnet doit conduire à bien cette entreprise

DE LA BÉOTIE, se croisant les bras.

Enfin, que voulez-vous ?

CASTAGNET, d'un ton doucereux.

L'autorisation
Pour faire dans la ville une souscription.

DE LA BÉOTIE, d'un ton sec.

Je ne suis plus préfet.

CASTAGNET.

Quelle plaisanterie !

DE LA BÉOTIE.

Ah ! çà, vous en doutez ?

CASTAGNET.

C'est une moquerie !

C'est à d'autres que moi, Monsieur, qu'il faut conter
Pareille invention pour la faire accepter !
Faites mieux : refusez !

DE LA BÉOTIE.

J'ai l'honneur de vous dire...

CASTAGNET, en colère.

Ainsi, vous défendez que l'on aille souscrire...

DE LA BÉOTIE, perdant patience.

Entendez mes raisons...

CASTAGNET.

C'est un moyen usé !
On dit tout simplement qu'on n'est pas disposé !

DE LA BÉOTIE.

Mais, Monsieur !

CASTAGNET.

C'est assez ; j'ai là-bas un navire
Que je n'ai pas construit pour vous prêter à rire.
Ce n'est pas pour cela, morbleu, que je l'ai fait,
Et surtout que je l'ai nommé *le Castagnet*.

D'un ton furieux :

Vous m'autoriserez !

DE LA BÉOTIE.

Cela m'est impossible.

CASTAGNET, le saisissant au collet.

Puisqu'aux bons procédés vous n'êtes pas sensible,
Je m'en vais vous fourrer, coquin, dans l'abdomen
Plus de coups que n'en eut jamais Philopœmen.

DE LA BÉOTIE, se défendant.

C'est une horreur !

CASTAGNET, continuant.

Attrape.

DE LA BÉOTIE, saisissant un cordon.

Enfin, j'ai la sonnette !

CASTAGNET, frappant.

Tu prenais Castagnet, dis-le, pour une bête.
Attends! attends! gredin, je te ferai bien voir
Si de m'autoriser tu n'as pas le pouvoir!
Me réduire à néant par un seul trait de plume...
Un Castagnet!!! Attends, vaurien, que je t'allume!

SCÈNE VIII.

M. DE LA BÉOTIE, se défendant; M. CASTAGNET, toujours
acharné; ZÉPHYRIN, FILOSEILLE, un Valet de chambre, FRAN-
CETTE.

FRANCETTE.

A l'aide! venez tous! on veut assassiner
Monsieur!...

CASTAGNET, continuant.

C'est moi, gredin, qui vais t'assaisonner!
Ah! tu n'es plus préfet! Attends!

ZÉPHYRIN, admirant Castagnet, les bras croisés.

Quel savoir faire!

DE LA BÉOTIE, parant les coups, à Zéphyrin.

Votre admiration ne fait pas mon affaire!
Avancez!

ZÉPHYRIN, toujours en admiration.

C'est égal, il connaît son métier!!!

DE LA BÉOTIE, exaspéré.

Maraud!

ZÉPHYRIN, sans s'émouvoir.

Il aurait fait un fameux estafier!

DE LA BÉOTIE, évitant les coups.

C'est à devenir fou!

ZÉPHYRIN, à Castagnet.

Ce coup ne vaut rien.

DE LA BÉOTIE.

Diantre!

ZÉPHYRIN.

Il fallait le donner un peu plus dans le ventre !

LE VALET DE CHAMBRE , riant.

Un si bon maître ! assez ! !

ZÉPHYRIN arrêtant Castagnet.

Vous avez du talent !
Pour un art qui se perd c'est vraiment consolant !

DE LA BÉOTIE , reprenant son sang-froid.

Menez au violon cet affreux géographe !

A Castagnet

Faites-y quelque écrit , butor , sur la girafe !
Vous en aurez le temps.

CASTAGNET , aux domestiques.

N'approchez pas , hurons ,
Ou je vous extermine !

ZÉPHYRIN.

Un géographe !! ! allons !
Pas de pitié !

CASTAGNET , à Zéphyrin qui l'empoigne.

Peau-rouge !

ZÉPHYRIN furieux , le secouant

Attends !

CASTAGNET.

Amalécite !

ZÉPHYRIN , exaspéré.

Je vais te retourner proprement ta lévite !

FRANCETTE , s'approchant.

Laissez-moi le tâter rien qu'un petit moment !

CASTAGNET , se reculant.

Arrière, Astératcha ! fille du grand serpent !
(Se décidant à suivre).

Castagnet ! Castagnet ! on en veut à ta gloire !
Et près de Galilée on te met dans l'histoire !

Ils sortent.

SCÈNE IX.

DE LA BÉOTIE, seul.

Venir pour m'assommer droit de Coromandel !
Si j'eusse été préfet , c'eût été naturel !
Mais je ne suis plus rien ,... cassé depuis une heure ,
Et devenu zéro par la force majeure !
Décidément le vent a tourné contre moi !
Par un naturaliste être étranglé chez soi ,
Et se voir à deux doigts d'une telle épitaphe :
Assassiné par Paul Castagnet , géographe !
Juste ciel !. .

SCÈNE X.

M. DE LA BÉOTIE, M. Paul DE RAYMOND.

PAUL.

    J'ai reçu , Monsieur, votre message.
J'ignore quel objet...

DE LA BÉOTIE.

    A parler sans ambage ,
Je vous dirai tout franc que vous me plaisez fort
Et que je suis touché , Raymond , de votre sort.

PAUL.

Gardez une pitié, Monsieur , qui m'humilie :
C'est fort peu délicat qu'un homme ainsi s'oublie...

DE LA BÉOTIE.

Ne vous offusquez pas , Paul , de ma liberté ;
J'ai toujours eu pour vous un faible !

PAUL.

      En vérité !

DE LA BÉOTIE.

J'en ai beaucoup souffert... Croyez-en ma parole...
Vous étiez en secret, pour moi, presqu'une idole

PAUL.

Je n'y puis rien comprendre...

DE LA BÉOTIE.

                    Attendez un moment !
Je vais vous expliquer cela tranquillement !
Il faut que vous sachiez, d'abord, qu'en politique
J'étais du même avis que vous...

PAUL, à part.

                  Si je m'explique

Un seul mot...

DE LA BÉOTIE.

        J'adorais la république au fond...
J'aurais voulu vous voir arriver d'un seul bond.

PAUL, à part.

Mais que s'est-il passé ?

DE LA BÉOTIE.

             Votre déconfiture
Me fut autant qu'à vous sensible, je vous jure !

PAUL.

Laissons cela !

DE LA BÉOTIE.

        Tenez, notre gouvernement
Est dans une débâcle !

PAUL.

            Ah !.. quel événement !

DE LA BÉOTIE.

Je n'en suis pas surpris ; j'ai toujours dit, du reste,
Que tout le ministère était pris de la peste,
Qu'il en crèverait net et qu'il m'entraînerait.

PAUL, étonné.

Vous avez dit?

DE LA BÉOTIE, se reprenant.

Rien, rien, parbleu, j'étais distrait !
A la chute des miens je ne veux pas survivre,
Et c'est tout simplement que j'ai voulu les suivre.
Voilà tout !

PAUL.

C'est très-beau !

DE LA BÉOTIE.

Mais c'est tellement beau
Que le gouvernement apprendra du nouveau
Avant peu !

PAUL, surpris.

Comment donc ?

DE LA BÉOTIE.

Je me fais l'adversaire,
Mais le plus acharné, du nouveau ministère.

PAUL, d'un ton incrédule.

Vous ?

DE LA BÉOTIE.

Moi ! je vous l'ai dit : je suis républicain...

PAUL.

Mais vous fûtes préfet !

DE LA BÉOTIE.

Pour servir mon prochain !
Le pays avant tout... L'utilité publique
M'aurait fait accepter un siége apostolique !

PAUL.

Il est vraiment fâcheux qu'on ne vous l'ait offert !

DE LA BÉOTIE, lui prenant le bras.

Nous allons maintenant chevaucher de concert.

PAUL.

Vous ne me craignez plus ?

DE LA BÉOTIE

Vive la république !
Tous les journaux bientôt auront mon encyclique !
Je veux au pilori clouer tous ces gredins
Qui d'honneurs mérités m'ont coupé les chemins
Et qui . pour mieux asseoir leur fortune insolente,
Me mettent à la porte avec beaucoup d'entente.

PAUL.

Las ! vous avoir cassé !

DE LA BÉOTIE, se redressant.

Cassé ! Monsieur, jamais ! !
Pas même suspendu !

PAUL.

Quoi donc ?

DE LA BÉOTIE, avec emphase.

Je me démets.
Sachez bien qu'aujourd'hui l'on ne casse personne !

PAUL, souriant.

C'est même tout au plus si l'on démissionne !

DE LA BÉOTIE.

Justement !

PAUL, d'un ton plaisant.

Se démettre est certe un grand abus
Et l'on devrait tâcher qu'on ne se démît plus.

DE LA BÉOTIE.

C'est mon avis... Raymond ! j'ai besoin de votre aide !
A mon éreintement il faut porter remède,
Auprès de vos amis m'appuyer fortement
Et me pousser partout avec acharnement.

PAUL, à part.

Quel homme !

DE LA BÉOTIE, reprenant.

Voyez–vous, quand j'ai là quelque haine,
Il faut qu'à parler franc ma vengeance soit pleine,
Et puis.... n'être plus rien quand j'aspirais si haut !
A soixante ans passés tomber sous le couteau !
Foudroyé jusqu'au sol quand j'atteignais au faîte !
Non ! non ! employons tout pour regagner la crête.
Je veux faire un appel à mes nombreux amis
Et châtier l'Etat du faux qu'il a commis ;
A sa puissance même opposer ma puissance,
Et par un bon scandale assurer ma vengeance !
Mais je compte sur vous ! Près de votre parti
Faites–moi voir, Raymond, comme un vieux converti ;
Sachez faire éclater, sans compter mon civisme,
Auprès des modérés tout mon modérantisme ;
Ne craignez pas de dire à tous les avancés
Qu'eux-mêmes, selon moi, ne marchent pas assez.
Il faut savoir de tous exploiter la faiblesse.

PAUL.

Mais Monsieur !

DE LA BÉOTIE.

Ta ! ta ! ta !... de la délicatesse !
Vous êtes un prodige au siècle où nous vivons
Et vous êtes charmant de faire des façons...
Mais une bonne fois hurlez comme les autres !
Laissez ces airs confits avec vos patenôtres ?
Et retenez ceci : c'est que l'honnêteté
Consiste à tout conduire avec dextérité !

SCÈNE XI.

M. le Marquis DE FOIRAC, Mlle. Esther DE LA BÉOTIE,
M. Paul DE RAYMOND, M. DE LA BÉOTIE, Mlle. Solange
DE LA BÉOTIE.

DE LA BÉOTIE, apercevant De Foirac.

Cet excellent Marquis !.. venez ici, Solange !

A Paul.

Mon langage aujourd'hui va vous paraître étrange ·
On adore le soir ce qu'on brûle au matin.
Monsieur Paul de Raymond, je vous donne sa main.

PAUL, souriant.

C'est sans conditions...

SOLANGE.

N'écoutez pas mon père.

DE LA BÉOTIE, à Paul.

Je vous retournerai de la bonne manière,
Et dans huit jours au plus, cher Monsieur, je réponds
Que vous ne ferez pas d'aussi belles façons !

SOLANGE

Marions-nous toujours, et nous verrons ensuite
Comment il nous faudra régler notre conduite !

DE LA BÉOTIE, à Paul.

Malgré votre purisme et votre honnêteté
Je vous estime au fond.

PAUL, s'inclinant.

J'en suis vraiment flatté !

DE LA BÉOTIE, au Marquis.

Marquis ! je n'ai jamais retiré ma parole.
Vous me plaisez, du reste, en fait de cabriole.

Vous avez pour le saut un merveilleux talent.
Et l'élasticité fait un gendre excellent.

      Bas :

Si par hasard le vent tournait au ministère,
Songez que vous avez quelque part un beau-père.

LE MARQUIS

J'y songerai.

SCÈNE XII.

Les mêmes. — FILOSEILLE, — ZÉPHYRIN.

Ils entrent tous les deux un journal à la main.

FILOSEILLE, faisant sauter le cachet.

Voyons ce que dit le journal.

Il lit.

Le ministère...

Il s'arrête.

ZÉPHYRIN.

Eh ! bien !

FILOSEILLE.

A sauté !

ZÉPHYRIN, se frottant les mains.

Pas trop mal !

FILOSEILLE, voulant expliquer.

Les ministres...

ZÉPHYRIN, l'interrompant et riant aux éclats.

Allons... j'en aurai le fou rire.

FILOSEILLE, impatienté.

Mais après tout... sauté, qu'est-ce que ça veut dire ?

Ils viennent d'obtenir, parbleu, leur changement ;
Ils l'avaient demandé, voilà tout !

ZÉPHYRIN.

Caïman ! !
Va donc ! tes trente louis sont perdus sans ressource !

FILOSEILLE.

C'est ce que nous verrons,... attends un peu.

Il lit :

La Bourse

A baissé de deux francs

Le journal roule d'un côté, Filoseille de l'autre

Ah ! mon Dieu ! je suis mort !

PAUL, s'approchant.

Qu'est-ce que c'est, maraud !

FILOSEILLE, d'un ton lamentable.

Plaignez mon triste sort !

PAUL, lui tirant l'oreille.

Ah ça ! finiras-tu bientôt ta comédie.

FILOSEILLE, se relevant

Je jouais à la hausse et... j'en tiens pour la vie.

ZÉPHYRIN, s'approchant de Paul, bas.

Le coquin espérait que monsieur de Foirac
Par son élection ferait monter... le sac.

FILOSEILLE, qui a entendu Zéphyrin.

Ah ! traître !

Au Marquis :

Eh bien ! sachez que sans qu'il y paraisse,
C'est sur vous qu'il plaçait...

LE MARQUIS, à Filoseille.

A la hausse ?

FILOSEILLE.

A la baisse !

LE MARQUIS, à Zéphyrin.

Scélérat ! je te chasse !

PAUL, à Filoseille.

       Et je te chasse aussi !
A–t–on vu deux gredins se comporter ainsi ?

FILOSEILLE à Paul, avec dignité.

Je n'en suis point surpris, Monsieur, c'est là le monde !
Vous n'avez plus le sol, marchez ! la terre est ronde.
De mes pauvres écus pas un seul m'est resté ;
On me chasse, parbleu... c'est... la société !

ZÉPHYRIN, au Marquis.

Je suis un ignorant, Monsieur, je le confesse,
Un âne, et j'en conviens, de la plus belle espèce !
Un pauvre sacripant encore à l'abécé !...
Je serais sénateur si l'on m'avait poussé !

SOLANGE au Marquis.

Marquis, vous permettez que pour eux j'intercède !

LE MARQUIS.

On est tout acquitté lorsque la beauté plaide.

PAUL, à Filoseille

Je veux bien, Filoseille, user de charité !

FILOSEILLE, s'éloignant.

C'est égal, je suis las de la société !

SCÈNE XIII.

Les mêmes, M. DE SOMBREUIL avec sa valise., M. CASTAGNET.

CASTAGNET, lui prenant sa valise.

Venez au pôle nord et donnez–moi vos malles !

DE SOMBREUIL, se défendant.

Mais j'aurais préféré pourtant les cannibales !

C'eût été curieux et d'un haut intérêt
De prendre, voyez-vous, ces croquants sur le fait,
Et de voir, Castagnet, s'il n'est pas dans le monde
Des gens plus dangereux que cette race immonde.

CASTAGNET, s'emparant enfin de la valise.

Venez au pôle nord,... j'y connais des ours blancs
Parfaitement taillés pour dévorer les gens.
Ils auront sur ce point de quoi vous satisfaire ;
Vous pourrez comparer en fait de maxillaire,
Et, quand ils vous suivraient à toucher vos talons,
Vous serez moins mordu que dans certains salons.

DE SOMBREUIL.

Castagnet ! Castagnet ! vous êtes un grand homme !

CASTAGNET.

On ne connaît que moi de Paris jusqu'à Rome.

SCÈNE XIV.

Les mêmes, M. Oscar CACATOIS, M. Jérôme PALANKIN,
une lettre colossale sous le bras.

CACATOIS, au Marquis.

Je voulais vous parler de mon cinquième fils.

LE MARQUIS.

Allez au diable avec tous vos enfants !

PALANKIN, au Marquis.

Marquis,

Vous m'avez dans le cœur frappé d'un coup terrible !
Un maire à cet affront ne peut être insensible.
J'ai subi trop long-temps vos injustes dédains ;
Il est temps de sauver l'honneur des Palankins !

LE MARQUIS, cherchant sa carte.

Un duel ?

PALANKIN.

Non, Marquis ! l'honneur héréditaire

Répudie un moyen coupable et sanguinaire !

Lui tendant sa lettre gigantesque.

Tenez ! prenez ceci !

LE MARQUIS, intimidé.

C'est ?

PALANKIN, avec majesté.

Ma démission !

LE MARQUIS.

Peste ! vous n'avez pas ménagé la façon !

PALANKIN.

Hum ! si j'avais tout mis !

LE MARQUIS.

Ainsi, c'est au ministre
Qu'il me faudra donner ce modeste registre !

PALANKIN, avec feu.

A lui-même, Marquis ! et dites-lui surtout
Que si le maire est mort, Palankin est debout !
Que ce nom comme un glas un jour, à ses oreilles,
Viendra lui rappeler vos fameuses merveilles !
Que je me vengerai .. de vous ! de Cacatois !
Et de tout l'univers qui m'a ravi la croix !

LE MARQUIS, cherchant à le calmer

Voyons !

PALANKIN, avec dignité.

Je me démets ! ! ! voilà quand on m'offense !

Aux spectateurs :

Nous verrons maintenant comment ira la France !

FIN.

Paris, le 8 mars 1872.

LES FAUX DIEUX
COMÉDIE
en 3 actes — en vers.

RAPPORT.

A Monsieur le DIRECTEUR du Théâtre impérial de l'Odéon.

« Monsieur le Directeur,

» *Pièce politique, dont l'action se passe en province,*
» *sous le règne de Louis-Philippe.*

(Suit l'analyse de la pièce . . . . .)

« A l'action principale se rattachent une foule d'intri-
» gues épisodiques qui sont comme autant de petits
» tableaux animés des mœurs politiques et du mouvement
» électoral à cette époque. — Il y a là des traits d'ob-
» servation, des profils de candidats, d'électeurs et d'ora-
» teurs de clubs, esquissés de main de maître. — C'est
» de la comédie politique à la manière d'Aristophane : la
» plupart des scènes se passent sur la voie publique. —
» C'est vif, mouvementé, varié, plein de sel attique ;
» mais la pièce n'est conçue, ni dans les proportions, ni
» dans les conditions d'une œuvre dramatique possible :
» la longueur des actes, la multiplicité des scènes, des

» incidents et des personnages, *sans parler du choix du*
» *sujet*, — la rendent en effet impraticable.

» Telle qu'elle est cependant, elle accuse un esprit
» d'observation et un talent de poëte comique qui méri-
» tent d'être remarqués.

» *Décision du Comité et de la Rédaction :*

» Inadmis.

» Certifié conforme.

» SALVADOR,
» *Secrétaire général de l'Odéon,*
» *Membre de la Société des gens de lettres.* »

OUVRAGES DE L'AUTEUR:

TARQUIN LE SUPERBE, tragédie en 5 actes et en
vers. Rapports des deux théâtres Français. —
LACHAUD, éditeur; prix. . . . . 1 franc.

LES FAUX DIEUX, comédie en 3 actes et en vers.
Rapport du théâtre de l'Odéon. — A. LEMERRE,
éditeur; prix. . . . . 4 francs.

PISANI, drame en 5 actes et en vers (sous presse).

———

Montpellier, imprimerie de J. Martel aîné

www.ingramcontent.com/pod-product-compliance
Lightning Source LLC
Chambersburg PA
CBHW070802280626
47162CB00016B/1594